公众人文素养读本 | 总主编 奚爱国

钟怡阳 ◎ 编著

流传千年的北欧神话故事

冰与火的交战
几乎被遗忘的故事精彩重现

南京大学出版社

图书在版编目(CIP)数据

流传千年的北欧神话故事 / 钟怡阳编著. —南京：南京大学出版社，2013.4(2020.8重印)
(公众人文素养读本/奚爱国主编)
ISBN 978-7-305-11289-8

Ⅰ.①流… Ⅱ.①钟… Ⅲ.①神话—作品集—北欧 Ⅳ.①I530.73

中国版本图书馆 CIP 数据核字(2013)第 059335 号

本书经上海青山文化传播有限公司授权独家出版中文简体字版

出版发行	南京大学出版社
社　　址	南京市汉口路 22 号　　邮　编 210093
网　　址	http://www.NjupCo.com
出 版 人	左　健
丛 书 名	公众人文素养读本
书　　名	流传千年的北欧神话故事
总 主 编	奚爱国
编　　著	钟怡阳
责任编辑	还　星
照　　排	南京紫藤制版印务中心
印　　刷	常州市武进第三印刷有限公司
开　　本	787×960　1/16　印张 10　字数 145 千
版　　次	2013 年 4 月第 1 版　2020 年 8 月第 6 次印刷
ISBN	978-7-305-11289-8
定　　价	25.00 元

发行热线　025-83594756
电子邮箱　Press@NjupCo.com
　　　　　Sales@NjupCo.com(市场部)

＊ 版权所有，侵权必究
＊ 凡购买南大版图书，如有印装质量问题，请与所购
　图书销售部门联系调换

序　言

　　和世界上其他比较完备的神话体系相比,北欧神话的形成时间则相对较晚,其口头传播的历史大致可以追溯到公元一至二世纪,在丹麦、瑞典和挪威等地率先流行开来。后来到了公元七世纪,伴随着一批北上的移民,早期的北欧神话在冰岛等地也开始传播。

　　对于太阳、高山、冰川等自然现象和景观的崇拜与敬畏,是北欧神话的最初起源。它们最初都是以歌曲形式为载体进行传播的,发展至中世纪时,开始有冰岛当地的学者尝试用文字把这些歌曲记录下来。现在,可供我们查考的主要有两部《艾达》:一部是冰岛学者布林约尔夫·斯韦恩松于1643年发现的"前艾达",或称"诗体艾达",写作时间大概在九至十三世纪之间;另一部是"后艾达",或称"散文艾达",由冰岛诗人斯诺里·斯图鲁松在十三世纪初期写成,是对"前艾达"的诠释性著作。

　　和其他的神话体系类似,北欧神话也是一个多神系统,由巨人、神、精灵和侏儒构成北欧神话的四个体系。其中世界由巨人创造,巨人又生出了众神,但众神却同时也是巨人们最大的敌人。神又分为两个部族,其中主神即有十二个。侏儒和精灵属于半神,他们为神服务,但他们的具体由来至今仍很不清楚,属于北欧神话的特有创造。

　　虽然不如《圣经》和《希腊神话》那样完整和著名,北欧神话对世界的影响仍然随处可见,几乎渗透进生活的各个方面。西方的许多节日如圣诞节,即是由纪念太阳神的活动演变而来,复活节则是春天女神的名字;而星期中的每一天则是以北欧诸神的名字命名的:周一月神、周二战神、周三主神、周四雷神、周五春神、周六火神、周日太阳神。

　　中世纪时,基督教在整个欧洲盛行,夹杂着政治的庞大渗透力,基督教信仰开始借助政治强力在古代北欧异教神祇的庙宇中潜行。随着时间的推移,在开化较晚的北欧人尚未来得及把他们的原始神话信仰发展成系统的神话体系时,基督教信仰的"正规军"即已大规模侵入,彻底扼杀了北欧神话的组织化、精湛化和体系化等自然发展的过程。北欧地区完全成为基督教世界的政治附属,大多数记载北欧神话的资料被认为是有损风化的异端邪说,而被付之一炬。因此,北欧神话可以被看做是中途折戟的未完成品。

就这样,岁月掩盖了往日的传奇,历史成为了过去辉煌的传说,并在时光的流逝中被逐渐遗忘、淡漠。时至今日,在这些宝贵的传说和资料中,幸存的只有少数,而这段逐渐被历史淡忘的毁灭之歌也正是北欧神话试图用自己的语言来着力描述宇宙万物间生死存续的映照。

北欧的原始部落,在最初目视着天地、自然而索解的时候,他们就感受到了两种截然相反却让他们同样着迷与敬慕的力量。北欧夏季的时光十分短暂,在这短促而又美好的夏日时光里,碧海蓝天,炽烈的阳光照耀着繁茂的花木。原本被冰雪覆盖的山原开始解冻,融化了的雪水在山间变成小溪静静地流淌,汇聚成河流穿过宽广的平野,最后涌向大海,一幅如此隽美的风景。而时光悄然一转,随即而来的便是寒冷冬季里淡弱的日光、漫长寒冷的黑夜、怒吼的冰冻之海,远处的惊涛骇浪猛烈地撞击着山石峭壁。

光明与黑暗,温暖与寒冷的比对是如此强烈骤然。北欧人在刚刚享用了夏季短暂的温婉阳光后,就要在漫长冬日里的冰天雪地中渔猎,受尽了苦难和折磨。这一切,让他们认为冰与火就是构成世界的基本元素,寒霜和冰雪是宇宙间恶势力的代表,而热量与光明则是善的存在。季节的交替是这两种善、恶势力此消彼长、不断交战。善势力的神和恶势力的巨人之间无休止的斗争就构建了北欧神话的主要脉络。

可以说,北欧神话中的诸神身上所显示的战斗精神和生活态度与北欧人民的性格特征密切相关。诸神与众多恶魔战斗的精神,正是北欧民族与恶劣自然条件长期斗争的现实反映。极其严酷的自然条件让北欧民族不得不学会在恶劣的环境下拓展自己生存空间的能力与毅力。而北欧神话正是反映了北欧原始部落的多神教信仰以及他们和大自然战斗的绮丽想象,标明了古代北欧部族不畏艰难与大自然奋勇作战的英雄气概。

如果非要提取北欧神话的关键字,那就是"英勇"和"果敢"。在北欧神话中,战死在沙场上的英雄,无论是天神还是普通的凡人,都享有至高的社会地位。北欧神话不断地喻示,人可以因为勇敢而变成天神,飞升到天界的英烈祠中享受极乐世界的美好生活。而相反的,那些苟且偷生、怕死的、卑贱的懦夫,则会被投入黑暗地狱。在这里,勇敢是对人最高的褒奖,是所有人的行为准则。北欧的原始居民认为,男人若不能战死在沙场上,便是最大的耻辱和不幸。

和一切强大敌手之间作无法逃避的命运之战,正是北欧原始民族的宿命。综观其早期的奋斗史,北欧原始部落的生存方式就是战斗、迁徙、再战斗,依次循环。这是充满艰辛苦痛的战斗生涯,而民族的命运就取决于这一次次的战斗,以及在战争的风险中求生存,而北欧神话正是这种生活态度的映射。

如此,现存的北欧神话之躯壳框架,已然与斯堪的纳维亚的群山同样粗犷而巨伟。英勇的神是如此庄严、正直、博大,如果说南方的希腊神话是"抒情诗的",是古希腊人在蔚蓝色爱琴海柔和的波浪中吟唱的愉悦诗篇,那么,北欧神话便是"悲剧的",是北欧民族在荒凉残酷的恶劣自然环境中书写的傲然乐章。

北欧神话里的诸神们,始终在同破坏世界的恶势力巨人族战斗。诸神纵然逐渐取得胜利,但到最后,那不可避免的命运——"诸神之黄昏"仍要到来,在对立双方最后的一场决战之后,诸神俱灭,世界便归于虚无。这是悲剧的意味与结构,和希腊神话里的诸神总是能和希腊人像凡人般交往相处,在林间泉畔玩耍、恋爱、捕杀,在基调风格上可以说是迥然不同。

世界因战斗被创造,最终也因战斗而招致毁灭。有生就有死,因缘轮回,这是亘古不移的定律,诸神也不例外。北欧人认为神是巨人的后嗣,他们是善与恶的混合体,是不完备与非纯种的,他们身体的基因中隐藏着死亡的根。经由肉体的死亡升华,神达到精神上的永存与不朽。

　　善与恶同归于尽,正是北欧神话与其他神话最显著的不同之处。命运的劫火纵然毁灭了宇宙,却也摧毁了一切邪恶,之后新的秩序又将重新建立,新世界的曙光已然照亮!

目　录

第一章　天地初造 ... 1
一颗会说话的聪明脑袋 ... 2
神马难过美人关 ... 7
亚萨和华纳两大神族的会议 ... 11
青春女神伊敦 ... 17
火焰的统治者诺德 ... 23
帝王之位，鹿死谁手？ ... 29
人类三个等级的诞生 ... 37
这张煮不烂的鸭子嘴 ... 40

第二章　王行天下 ... 47
聪明反被聪明误 ... 48
假扮新娘夺神锤 ... 53
赤手空拳，不减神威 ... 58
"耻辱"的东方之行 ... 63
这来之不易的美酒 ... 72
识时务者为俊杰 ... 78
谁动了我的项链？ ... 83
"钻石王老五"的艰难爱情 ... 88

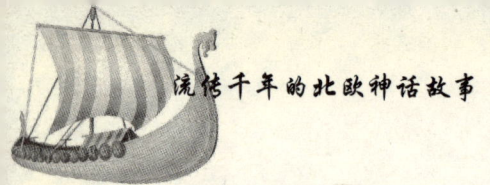

第三章　神之黄昏

精诚所至，金石为开 …………………………………… 96

亚萨神与三个怪物的纠葛 ……………………………… 102

复仇之不可逆转的命运 ………………………………… 110

无法挽回的生命 ………………………………………… 116

天网恢恢，疏而不漏 …………………………………… 121

命运掌握在谁的手中？ ………………………………… 125

利里尔的复仇 …………………………………………… 130

命运女神的预言 ………………………………………… 137

沉睡少女的苏醒 ………………………………………… 144

第一章
天地初造

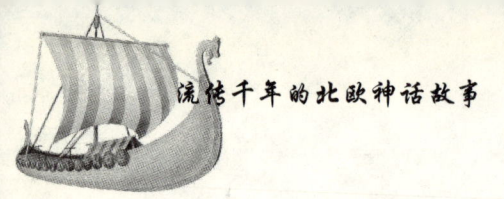

流传千年的北欧神话故事

一颗会说话的聪明脑袋

很久很久以前,洪荒时代中的天地一片混沌,没有天空,没有大地,没有海洋。在这一片混沌中,有一道深深开裂着的、无比巨大的鸿沟,叫做金恩加之沟。巨人国所在的约顿海姆就是金恩加鸿沟所在的地方。在这宇宙的中心地带矗立着一棵无比伟岸的大树,被称为尤加特拉希。这棵生机盎然、枝繁叶茂的大树是宇宙万物的起源和载体,覆盖了整个天地。大树有三条强劲有力的树根作为支撑,三条树根分别通往神国、巨人国、冰雪世界尼夫尔海姆。分别有三眼泉水流过树根的末端为宇宙树提供充足的水分。

联结宇宙树巨根的泉水由智慧巨人密密尔所看守,所以这眼泉水也跟随他取名为密密尔泉。密密尔的诞生相当离奇,据说在金恩加鸿沟的北方,是一片广大的冰雪世界尼夫尔海姆。浓雾终年笼罩着万年封存的冰块和积雪,弄得整个冰雪世界既寒冷又黑暗。

一股巨大的泉水从尼夫尔海姆最深邃的地方奔涌而出,形成了许多条溪流。这些溪流夹带着尼夫尔海姆的无数冰块,由北向南地向金恩加鸿沟奔腾而来,历经千万年的时间,逐渐在金恩加鸿沟旁边堆积成了许多冰丘。在金恩加鸿沟的南方,是火焰之国摩斯比海姆。那里终年喷射着冲天的熊熊火焰,弄得整个火焰之国炙烤在一片无比强烈的光亮和酷热中。那些长年喷射的火焰,飞溅出许多炙热的火星,坠落在金恩加鸿沟两岸堆积着的冰丘上。冰丘遇到高温炙热的火星后融化成水气,继而又被从尼夫尔海姆吹来的强劲冷风再次冻结起来。在历经千万年冰雪世界的寒气和火焰之国的热浪不断作用下,这些冰丘慢慢孕育出了生命。巨大的生灵伊米尔就在冰丘中诞生出来了。

在混沌世界中,摸索着寻找食物的伊米尔遇到了同样也在热浪和寒气的作用下诞生于冰丘的一条母牛奥都姆布拉。巨大的母牛胸部源源不绝地流淌出了四股乳汁,汇集成了四条白色的河流。于是,两个生灵相依相偎。伊米尔以奥都姆布拉的乳汁为食,而母牛则以舔食冰雪为生;运气好的时候,伊米尔能帮奥都姆布拉拾些盐霜回来舔。在一片混沌的洪荒时代里,只有这两种巨大的生灵存活着。

很久很久以后,终日饱饮牛乳的伊米尔变得非常强壮有力。有一天,他如往常一样饮完牛乳后沉沉睡去,从他的双臂下面忽然长出了一男一女两个巨人。从巨人之祖伊米尔双臂下面生出来的那对巨人后来结成了夫妻,生下了许多巨人子裔。在他们的许多孩子中,有一个就是密密尔。密密尔自小就聪明非凡,长大后成了一个极其富有智慧的巨人。但当他看守宇宙树巨根的泉水时,已经是一个老巨人了。

密密尔泉的泉水中充满了知识和智慧,关于天地之间九个世界里发生的一切事情,都融汇在这清澈透明的泉水中。因此,不管是神祇、精灵、巨人、侏儒还是人类,只要喝一口密密尔泉里的泉水,脑子就能立刻变得很聪明。

但是,老巨人密密尔却寸步不离地看护着密密尔泉,不让任何试图盗取泉水喝的神祇或者巨人靠近一步。天地之间,从来也没有哪一个生灵能够喝上一口密密尔泉的泉水,除了老巨人密密尔自己。每天傍晚,当绚丽的晚霞把泉面映照得令人醺然沉醉的时候,老密密尔就会用一个精致的牛角杯汲上一杯象征着知识和智慧的泉水,独自一人慢慢享用。

时光一日日消逝,巨人密密尔变得越来越老,他脸上皱纹密布,肢体灵活度也在不断退化。但是,每天不多不少的一杯泉水令他的大脑丝毫没有衰老,他反而越来越富有智慧,脑中记载的事务也繁多而精确。他知道天地之下已经发生过的、正在发生的和将要发生的一切事情。

有一次,众神之主奥丁在旅行途中路过了密密尔泉,正好碰上了拿着牛角杯汲泉水喝的一脸陶醉的密密尔。看着清澈的密密尔泉水,奥丁的心中激起了追求知识和智慧的强烈欲望,他对密密尔请求道:"智者密密尔啊!请让我喝一口这知识和智慧的泉水吧!"

密密尔毫不犹豫地拒绝奥丁:"绝无可能。"奥丁不放弃地继续说服道:"密密尔啊!知识和智慧是多么可贵,我奥丁追求它们的信念多么坚定!密密尔啊!我愿用我的一切东西,来换取一口珍贵的泉水,只是为了增加我的智慧,满足一下我这个平凡求知者的愿望吧!"

老巨人密密尔听了奥丁的话,有点心动了:"奥丁,你果真是个难缠的神。你真的愿用一切东西,只为换取一口珍贵的泉水吗?"奥丁坚定地回应说:"是的,我很愿意为我的话负责任。"

"好,够爽快!如果你能够牺牲你的一只眼睛,把它丢到密密尔泉水里去,我便让你随便喝够这象征着知识和智慧的泉水。"奥丁有些犹豫了,这毕竟是自己的眼睛啊!不过,奥丁很快就在泉水和眼睛之间作出了选择,他小心翼翼地把右眼挖了出来,扔到了密密尔泉里。

那只眼睛稳稳地沉到了泉底,向上张开着。透过明净的泉水,它能看到宇宙中一切已经发生过的、正在发生的和将要发生的事情。不只是眼睛,奥丁自己也喝了很多密密尔泉的泉水,从此变得更加富有知识和智慧了。虽然他失去了一只眼睛,以至于后来经常被人称为"独眼老头",但是,他也因为智慧超群而被人尊称为"智者奥丁"。

而密密尔同样钦佩奥丁敢用眼睛来换取泉水的胆识,臣服于众神之主奥丁。后来,亚萨神族和华纳神族之间爆发了一场旷日持久的战争,起因是这样的:

一个叫格尔薇克的女华纳神带着华纳神族的使命来到了亚萨园,目的是和亚萨神理论亚萨和华纳两大神族究竟哪个才有资格受到人类的顶礼膜拜。但是，亚萨众神断定格尔薇克来意不善。众神之主奥丁向格尔薇克投掷长矛以示宣战，众神也纷纷跟随着奥丁向她发动攻击。

尽管众亚萨神用长矛刺死她和用火烧死她达三次之多，但具有强大魔力的女神格尔薇克每一次都能死而复生。正因为亚萨神误解华纳神的理论，擅自胡乱杀害使者格尔薇克，愤怒的华纳神也正式向亚萨神们宣战了。这是世界混沌初开以来第一场规模宏大、场面惨烈的战争，两个神族的战士们英勇无畏地在战场上厮杀，继而倒地身亡。战场上尸横遍野，到处沾满了神族战士们的鲜血。

由于双方势均力敌，战争持续了许多个年头，却始终没有分出胜负，导致两大神族两败俱伤。

最后，所有神祇都厌倦了这场旷日持久的战争，也厌倦了没完没了的无谓厮杀。为了缔结和平、维护神族的生活秩序，亚萨和华纳两大神族的众神们举行和谈会议。众神决定双方互相派遣人质，以求保持和平稳定的现状，不让战火在神的世界中再度燃起。华纳神族送往亚萨园的，是最杰出的华纳神尼尔德和他的一对孪生儿女——弗雷和芙蕾雅；而亚萨神族送往华纳海姆的，是海纳和智慧巨人密密尔。

派往华纳海姆的海纳是亚萨神中的首领之一。他外表高大强壮，十分英俊，一双长腿奔跑起来快捷有力。美中不足的是，海纳相较于其他聪慧的亚萨神，稍显弱智。他的脑子有点鲁钝，性情又有些木讷，非常不善于说话。也许正是因为这样，奥丁才会请智者密密尔与他同行。因为长年喝智慧泉水，老密密尔能言善辩，知识也极为广博，正好可以帮助海纳回答各种问题。

亚萨神族的海纳和密密尔来到华纳海姆后，起初受到了华纳神的热烈欢迎。华纳神的领袖还让海纳担任了一个不大不小的首领。

但是，华纳神们逐渐发现，在所有的场合，都是密密尔这个老头在喋喋不休地解答华纳神们提出的各式各样的问题；一旦密密尔不在的时候，海纳这个高大英俊的亚萨神总神情呆滞，始终都是愚钝而窘迫的，几乎是一无所知——哪怕是一个最简单的问题，他都回答不出来。

华纳众神感觉受到了亚萨神的欺骗,因为华纳海姆送去的人质是华纳神中最出色的尼尔德、弗雷、芙蕾雅,而换来的却是一个天生愚笨的亚萨神和一个喋喋不休的老人。

于是,华纳众神一怒之下砍下了密密尔的脑袋,派人送往亚萨园,以示他们强烈的愤怒和不满之情。亚萨园的众神在收到密密尔的脑袋后,对华纳神的行为也无可奈何,只能干生气。或许他们本来就存有欺诈之心,或许他们确实不愿再度挑起战火,这事也就不了了之了。

当游历归来的奥丁见到密密尔的脑袋后,惊讶万分。他立即找来药草涂在密密尔脖颈的伤口上,念诵卢尼文字的咒语对已被砍下来的脑袋施法术。在奥丁的努力下,密密尔充满知识和智慧的脑袋竟然能够脱离身体,奇迹般地存活下来。奥丁叹息华纳众神竟不知道这是个宝贝,于是把这个脑袋精心存放在宫殿的内室中。每当有什么疑难和困惑的时候,奥丁就来到密密尔的脑袋旁边,念卢尼文字的咒语,向密密尔讨教,而密密尔总是能够为奥丁解答各式各样的困难问题。

小知识

奥丁,众神之王,世界的统治者,又有"天父"之称。他头戴大金盔,手持从来不会射偏目标的长矛"冈尼尔",佩戴着德劳毗尼尔饰环,胯下是八足神马"斯雷普尼亚",双肩上栖息着两只乌鸦——胡晋(思想)与穆宁(记忆),左右跟着两条狼——格里(贪欲)和弗莱基(暴食)。他只有一只眼睛,但是可以发出如太阳般的光辉。另一只眼是在为了获得终极智慧喝到世界之树下的智慧之井密密尔泉的水而自残的。奥丁发明了北欧古文字,创造了北欧的人类,掌管死亡、战斗、诗歌、魔法及智慧等。他住在阿斯加尔德的英灵殿中,从宝座看到九个世界的芸芸众生。

神马难过美人关

亚萨园周围有一道堪称天地之间最为坚固的围墙,它绵延数千里,高耸可入云,成为了众神家园的保护者。关于这道围墙,还有一个故事。

随着神族的不断扩大,奥丁率领众神大兴土木。在众神们的共同努力下,华丽的城堡和宫殿逐渐修建起来,最终建起了一座规模巨大的城池,叫做亚萨园。神的国土充满了取之不尽、用之不竭的黄金和白银。在那里,每一位神祇都有一座属于自己的豪华宫殿。这些宫殿,除了建筑时必须

用的木材和铁器外,其余都是用黄金和白银建造的,一半以金子为顶,一半以银子为顶。它们放射出的光芒比太阳和月亮还要耀眼。刚修建完工的时候,亚萨神告谕天下所有的生灵,征求最心灵手巧的工匠为亚萨园修造一道坚实的围墙,以便能够抵御外侵、保卫家园。

谕召贴出去许久都没有人敢前来完成任务——这可是亚萨众神居住的

亚萨园的围墙,倘若出现了任何纰漏,日后会给自己带来无穷无尽的麻烦,谁愿意去捧这个烫手的山芋呢!终于有一日,巨人国中最有名的工匠应了谕召,骑马前来应征。亚萨神喜出望外地给他备了上好的客房与食物,承诺如果修好围墙,他们会给予重金。"诸位亚萨神,我这双无比灵巧的手能够在三个冬天内就修造起一道最伟岸的围墙。"巨人顿了顿说:"但我不要钱。事成之后,你们要把美丽女神芙蕾雅嫁给我做妻子,而太阳和月亮也得归我所有。"这个条件一提出来,亚萨众神都很诧异。不过,众神们根本不相信这个单枪匹马的巨人能够完成如此浩大宏伟的工程。为了戏弄他的不自量力,亚萨神假装同意了他的要求。但是,众神提出了更为苛刻的附加条件:"不能三个冬天这么久,也不得有其他巨人援手,必须在一个冬天里就单独完成全部的工程;一旦无法完成,你这个吹牛的家伙就会立刻被杀死,以儆效尤。"

这个毫不起眼的巨人居然毫不犹豫地答应了这些条件,胸有成竹地开始准备。第二日,巨人不慌不忙地就开始工作了。没过多久,一堵崭新、垒得高高的围墙就出现在了亚萨园周围,并以奇迹般的速度增长着,众神们惊恐不已。他们仔细观察后发现,巨人来时骑的那匹叫做斯华帝耳弗利的马原来是一匹非比寻常的神马。斯华帝耳弗利居然可以日日夜夜不知疲倦地工作,用神力为巨人运送来一块又一块修筑围墙所需的巨石,而巨人所需做的只是把这些巨石砌上泥,叠积起来。况且巨人身材高大,拿放巨石并不费力。斯华帝耳弗利每天完成的工作量比巨人要多两倍。在这样的合作下,围墙以惊人的速度增长着。

春天就要降临了,巍峨的围墙也已经逐渐矗立在了亚萨园的四周。按照巨人和他的神马的工作速度,最后一段围墙也一定能在冬天逝去的那一天内顺利完工。眼看巨人即将获得他想要的一切,亚萨神不由有点紧张了,倘若围墙真的在冬天结束以前就完成了,那遵照协议,美丽女神芙蕾雅以及太阳和月亮就要归这个难看的巨人所有了。众神们忧心忡忡地聚集在会议宫,共同商讨对付这个巨人的办法。在亚萨神议论纷纷、一筹莫展的时候,向来诡计多端、花招百出的火神洛基想出了一个好办法,众神们无不拍手称妙。

洛基在亚萨园的所有马厩中,选出了一匹最风骚、最漂亮、最有灵性的牝马。洛基把这匹马洗得干干净净,弄得一点灰尘都没有,还把它的蹄子打磨得非常黑亮,毛梳得一丝不苟。在精心打扮了一番后,他还给母马喷上了诱人的香水。夜晚降临,巨人开始睡觉了,而斯华帝耳弗利还在不知疲倦地奔跑劳作着。在皎洁的月光下,洛基牵着牝马靠近了正在工作的斯华帝耳弗利。洛基故意让它发出发情时的那种低嘶声,在斯华帝耳弗利附近搔首弄姿。一直待在巨人国,没有接触过大千世界的年轻神马,怎抵御得了这样赤裸裸的诱惑,顷刻间被迷得神魂颠倒,一动不动地注视着牝马。洛基见神马已被吸引住了,便朝牝马屁股上弹了一颗小石子,牝马疼痛地立刻往前奔跑去。斯华帝耳弗利眼见着这匹牝马要跑远了,立刻扔下了修筑围墙所需的巨石,只顾着向那头风骚漂亮的牝马飞速追去。洛基见斯华帝耳弗利已上钩,立刻骑上那头风骚漂亮的牝马向远方跑去,引诱其一路追来。洛基一个劲儿地拍着牝马跑,神马一个劲儿地追。直到把神马引到了一个非常遥远的地方,洛基才扔下了牝马,消失得无影无踪。这两匹马得以在这个既温暖又漂亮的地方缠绵嘶语、尽情快活。

第二日,可怜的巨人醒来后信心十足地去围墙边打算继续砌墙。没想到自己的神马已不知所踪,更没有一大堆巨石原料等着他来堆砌。巨人急得四处寻找,却怎么也找不到。他当然找不到了,因为神马斯华帝耳弗利此刻正在千里之外与风骚漂亮的牝马组建家庭,哪还顾得上主人的召唤。巨人知道一定是亚萨神搞的鬼,气急败坏地跑去向亚萨神兴师问罪。亚萨神当然不承认做了这样的事,他们嘲讽巨人:"你无法如期完成就直说,何必用这种下三滥的手段来诬陷我们偷了你的神马。不信你尽管搜吧!真是个不敢承认失败的懦夫。"失去了能帮助运送巨石的神马,巨人就算竭尽全力,也没有可能单凭自己一人在春天到来以前造完最后的一段围墙,因为搬动一块远离围墙的巨石就得花费整整一天的时间。亚萨神的计谋顺利达成了。

当神威无比的力量之神索尔风尘仆仆地旅行归来之后,听了众神们的赌约,毫不犹豫地用他的神锤砸烂了巨人的脑袋,惩罚了所谓的"吹牛的家伙"。只是,索尔不知道这背后是亚萨神们不仁不义地捣了鬼。亚萨众神暗自庆幸。剩下的日子里，众神只要合力将未完成的小半截围墙搭建起来就好了。自此，亚萨园有了一堵坚不可摧的围墙。

而在远离亚萨园的山谷中，斯华帝耳弗利和那头风骚漂亮的牝马尽情欢乐的结果是，生出了一头被称为斯雷普尼尔的八蹄小马驹的爱情结晶。它长大以后神骏异常，比任何一匹马跑得都要快。自然，高大威猛的斯雷普尼亚成为了众神之主奥丁的著名坐骑，助奥丁跑遍了世界各地。

小知识

斯雷普尼亚是巨人国的神马斯华帝耳弗利和亚萨园的牝马杂交出来的一种新的优良品种。它神骏异常、高大威猛，奔跑速度在所有马中排第一位，最后成为了众神之主奥丁的著名坐骑——八足神驹，载着奥丁东奔西跑，立下了汗马功劳。

亚萨和华纳两大神族的会议

多年前,亚萨和华纳两大神族混战不断,然而终究力量相当,一方无法完全制服另一方,逐渐上演成者为王、败者为寇的戏码,最后只弄得生灵涂炭、硝烟四起。

为了缔结和平、维护神族的生活秩序,亚萨和华纳两大神族的众神们举行了庄重的会议。然而,在会议中,各式各样的意见层出不穷,众神们陷入了长久而混乱的争执之中。眼见会议开不到尽头,为了终结这种无休无止的混乱局面,尽快达到会议的初衷,两大神族领导经过一致商讨后,要求众神一致同意不再胡乱发表意见,以求尽快达成和平盟约。

众神一致同意这个决定,为了表明自己终止争执的决心,众神们还特地举办了一个特别的仪式:在会议现场的中央摆上一个硕大的陶罐,每位神祇都往陶罐里吐一口唾液,以示自己必定信守承诺,不再浪费口舌去争吵。关于缔结和平的协定,在众神们的共同努力下很快就被敲定下来:他们决定互相派送人质作为维持和平生存的筹码。亚萨神族送往华纳海姆的是海纳和智慧巨人密密尔,华纳神族送往亚萨园的则是最杰出的华纳神尼尔德和他的一对孪生儿女——弗雷和芙蕾雅。自此,亚萨和华纳两大神族之间的会议获得了圆满的成功。

会议如同大家预期的顺利结束了,然而小小的陶罐却孕育着奇妙的变化。混合在陶罐里的亚萨和华纳两大神族每一位神祇的唾液,携带着各种巨大的力量与不同的智慧精华,在不可思议的互相作用之下,竟然催生出一个小生命。不得不说,神总是能够创造奇迹的。

从这罐众神的唾液中诞生出来的是一个叫做卡瓦西的男人。他虽然个子矮小、其貌不扬,却有着非凡的智慧,异常聪明。这般高智商大概得归功于卡瓦西身上汇集了众神唾液所携带着的无比巨大的力量与智慧精华。懂得丰富的知识,走遍天下都不怕,热爱旅行的卡瓦西浪迹于天地之间,到处都留下了他潇洒的足迹。所到之处,卡瓦西随时随地解答别人提出的各式各样的困难问题,教授丰富的智慧和学识。他从未被难倒过,也因此得到了众人的赞叹与钦佩。

一日,卡瓦西来到了侏儒国游历。两个狡猾而又心胸狭窄的侏儒法牙拉和戈拉混迹于受教的队伍中,因为妒忌卡瓦西的智慧和学识,遂起了歹意。法牙拉和戈拉悄悄将卡瓦西拉过来,说有要事和他密谈,并想与他进一步深入探讨学问,强求他赏脸到他们的住处小叙一番。毫无疑问,这是谎话。毫无防备的卡瓦西跟随侏儒来到了他们的住处——一个阴森幽静的岩石洞穴。

两个侏儒让卡瓦西先坐下休憩一会儿,他们去拿些需要请教的书籍。卡瓦西欣然应允,耐心地等待着两个侏儒回来。然而,法牙拉和戈拉却从卡瓦西位置后方的密道中爬上来,趁其不备,从背后一刀捅死了卡瓦西。聪明绝伦的卡瓦西就这样命丧于两个歹毒小人之手。

法牙拉和戈拉将卡瓦西的鲜血一滴不漏地倒进了陶罐里,并用一罐蜂蜜混合入鲜血之中搅拌均匀,用特制的方法酿出了一种举世无双、带着腥甜味的灵酒。他们把灵酒装进三个罐子里,放入隐蔽的地窖中珍藏起来。从众神唾液中诞生的卡瓦西的鲜血充满了神奇的力量;自然,由两个侏儒酿造的灵酒,也是一种奇特的神物。任何人只要喝上一口灵酒,脑子就能立刻变得很聪明,还能成为一个出口成章的吟唱诗人。

卡瓦西被谋害后不久,两个侏儒需要出海办事,便雇了一位叫吉灵的巨人摇船。在海岸上,巨人吉灵与妻子深情吻别后和两个侏儒一起出海了。路途中,吉灵无意中得罪了心胸狭窄的侏儒。快回到岸边的时候,两个侏儒故意引导小船撞向一堆坚硬的礁石。小船不幸撞上礁石翻倒了,碎得四分五裂。两个侏儒随即潜水逃走了,安然无恙地回到了岸上;而不识水性的巨人就这样深沉海底,一命呜呼。

吉灵的妻子在家里苦等了好几日都没有见到丈夫平安归来,便跑去找法牙拉和戈拉。两个侏儒却装得什么也不知道的样子,告诉她巨人已经上岸走了。直到一段时间之后,吉灵的妻子又跑去法牙拉和戈拉家想打探消息,却偷听到两个侏儒闲聊时说:"这个傻女人居然还在痴心等待她的丈夫回来,不知道她丈夫早就淹死在大海里,再也不会回来了,真是个白痴。"听到这样的噩耗,吉灵的妻子伤心不已,天天在海边哭泣,她的哭声悲天凄地,她的悲伤绵延不绝。凄厉的哭泣声终日围绕在住在海边的两个侏儒耳畔,他们被这哭声弄得胸闷气短、恼怒烦躁。于是,两个侏儒哄骗吉灵的妻子为丈夫建立一个庄重肃穆的石碑,以便能好好祭奠她的丈夫。吉灵的妻子听从了这样的建议,石碑逐渐成形。等到即将完工,吉灵的妻子经过一座石碑周围的大拱门时,其中的一个侏儒狠毒地从大拱门上推下一块巨石,就这样将她砸死了。

苏特顿是被侏儒谋害的巨人夫妻的独子。得知双亲被两个侏儒谋害的消息,这个强壮的巨人异常愤怒地赶到了侏儒的居住地,在岩石洞穴里生擒了这两个心狠手辣的东西。苏特顿把他们牢牢地绑在了一个恶浪滔天的礁石岛上,让两个侏儒受尽恶浪冲击的折磨而痛苦地慢慢死去,以报仇雪恨。被牢牢捆绑住的两个侏儒惊恐万状地拼命求饶,苏特顿当然不会轻易放过杀害父母的凶手。法牙拉和戈拉赶紧大声喊道,他们拥有用卡瓦西的鲜血酿造出来的灵酒,愿意把这些送给苏特顿以求换取自己的生命。苏特顿之前就听说过这种给予人智慧的神奇之酒,在侏儒的一再蛊惑下,便同意了侏儒的换

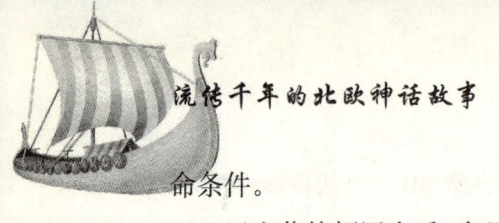

命条件。

巨人苏特顿回去后,在尼特堡山崖里凿了一个石窟,将三罐灵酒藏在洞中,奉为无上之宝。为了防止被贼人偷走,苏特顿又派他的女儿庚莱特住在石窟里,日夜守护着灵酒。巨人族生性吝啬,自然无论是神祇、精灵、巨人还是侏儒,谁都无缘沾上一滴灵酒,否则格杀勿论。

神通广大的神族很快就得知了灵酒的传闻。长时间以来,众神之主奥丁孜孜不倦地追求广袤无边的知识,他当然无法忍受能给予无限智慧的神奇灵酒就这样暗无天日地被封闭在尼特堡山崖的石窟之中。

当奥丁终于从百忙之中腾出空闲的时候,他立刻前往灵酒所在之地——尼特堡山崖。在距尼特堡很近的一个庄园里,奥丁看到九个仆役弯着腰,正在拼命用大弯镰刀割草。但是他们所使用的镰刀很钝,割草非常不利,以至于仆役们个个累得气喘吁吁。而这家庄园的主人保吉正是巨人苏特顿的兄弟。奥丁见到这幅场景,便上前说有一块非常好用的磨石,可以使镰刀磨得锋利,割草再也不会吃力。仆役们不相信他的话,就算有这样的磨石,也不相信他有这样的好心会赠予磨石,便都打发他快走。奥丁笑而不语,从披风里解下一块敦实的磨石,亲自将九把镰刀都磨得锋利无比。然后当场"噌"的一刀过去,草纷纷掉落。九个仆役看到这块磨石果真非常有用,都想据为己有,以便能割更多的草,获得主人更多的赞赏。他们争先恐后地要求购买这块磨石,并且为此吵得不可开交。奥丁装作胆小害怕的样子,躲开这些恶狠狠扑过来的仆役,扬手把磨石抛到空中,喊到谁抢到就归谁。愚蠢的仆役们一心想得到这块在他们眼中神奇无比的磨石而打成了一团,竟不惜用刚刚磨利的镰刀相互挥砍。一场混乱的恶战之后,他们互相之间割断了头颈,遍地尸首。而奥丁则在混乱中悄悄溜走。

傍晚,奥丁假装刚巧路过庄园,敲开了门,请求借宿。这家庄园的主人保吉正是巨人苏特顿的兄弟,他愁眉苦脸地对前来投宿的客人抱怨自己的九个仆役今天莫名其妙地横尸庄园,而现在正是割草的季节,没有多余的仆役能够使用。奥丁顺势向保吉建议说,他倒是个工作的好手,可以完成所有割草的任务,但是劳动酬劳是要保吉从他兄弟苏特顿那里要一口灵酒喝。保吉为难地说,灵酒是苏特顿的命根子,他也不能肯定到时候是否真的能够要到。奥丁装作转头便要走的样子,保吉连忙拉住奥丁对他承诺,如果真的能够帮他做完九个人的工作,他到时候一定想尽一切办法让奥丁喝上一口灵酒。

整个夏天,奥丁成了最勤劳能干的农夫,他非常卖力地做着原来需要九个仆役才能完成的农活。保吉对奥丁的表现相当满意。转眼冬天来临了,为了兑现承诺,保吉带着奥丁来到了苏特顿的住处,百般恳求他看在兄弟情面上给这个勤劳能干的农夫一口灵酒喝。但是,吝啬的苏特顿断然拒绝了保吉的请求,毫不留情地将他们赶了出来。

万般无奈之下,为了酬谢奥丁的保吉,决定帮助他一起盗取灵酒。于是,两人来到了藏着灵酒的尼特堡山崖旁。在奥丁的鼓动下,保吉用钻子在山崖上钻了一个深洞,一直通往藏灵酒的石窟。获取通往灵酒的通道后,奥丁立刻变成了一条蛇,钻进了畅通无阻的石壁。保吉发现事态不对而开始后悔,但也只能一声不吭地回家去了。

奥丁钻进石窟后,碰到守护灵酒的庚莱特,他用花言巧语骗得了庚莱特那青春萌动的少女之心。在石窟里,他们一起度过了三个良宵。被爱情迷昏了头的庚莱特,答应在奥丁离去的时候让他喝上三口灵酒。获取庚莱特信任的奥丁趁机分别在三个装灵酒的罐子里都喝上了一口。庚莱特怎么都没想到,奥丁一口便将罐中的灵酒全部喝进了嘴里。就这样,三罐灵酒全被他含在了嘴里。出了尼特堡山崖的奥丁立即变成了一头雄鹰,以大功告成的姿势向亚萨园方向飞去。

在家中闲坐的巨人苏特顿,无意之中看到一头鹰从尼特堡的山崖中腾空飞出,顿时起了疑心。他也变成了一头鹰,飞速地追了上去。奥丁发现有一只鹰在后面追着他,顿感不妙,立刻加快速度,然而口里含着三罐灵酒却使得自己的飞行很不便。后面已看出破绽的苏特顿穷追不舍,形势变得异常紧张。早已收到信号等待在亚萨园门口的众神们,看到两头鹰一前一后飞来,便知道奥丁已成功夺取灵酒。他们纷纷踏上围墙,在墙头上一字排开了许多罐子。奥丁一到达围墙,就把灵酒吐进了这些罐子中,飞进了亚萨园内。众亚萨神都在墙头上呐喊助威,追至亚萨园的苏特顿自知寡不敌众,只能气恼地飞走了。

成功返回的奥丁毫不吝啬地把灵酒分赠给亚萨神、精灵和人类中的智者享用。喝了灵酒的神祇、精灵和智者,因而也就个个成了吟唱诗人,撰写出了许多动人的诗篇。但是,在奥丁被巨人苏特顿追击之时,也有一些灵酒在仓皇之中吐到了罐子外面,这些灵酒流了出去,也被一些不知是谁的人喝了。据传,喝了那种灵酒的人,只能成为假诗人,他们是吟唱不出真正动人的诗篇的。从此,卡瓦西也永远留在了大家心中。

小知识

卡瓦西,从众神的唾液中诞生。他个子矮小、其貌不扬,却有着非凡的智慧;热爱游历讲学,解决困难。

青春女神伊敦

青春女神伊敦是著名的黑侏儒伊凡尔第的女儿，可能是由于基因突变的原因，她皮肤白皙，身材高挑，貌美如花，与其他黑侏儒一点都不像。在伊敦妙龄花季之时，父亲伊凡尔第担心女儿会像他一样因岁月的流逝而皱纹纵横密布，因地心引力而肌肉松弛下垂，为了永保侏儒族中这难得的绝世姿容，他对伊敦施以天魔大法，让她得以青春永驻。伊敦长大之后嫁给了奥丁的儿子，也就是诗歌之神布拉基为妻，成为了亚萨园中最美丽的女神之

——青春女神。伊敦女神长得羞花闭月、沉鱼落雁，为人大方热情，对所有生灵都友善和气，因而博得众神欢迎。

在亚萨园中，伊敦女神的重要职责是为众神保管一种神奇的青春苹果。只有伊敦女神的纤纤玉手才能采摘下青春苹果，而且必须装在命运女神施过咒的篮子中后服用，方能生效。对于青春苹果来说，伊敦之手和金丝篮缺一

不可,否则它离枝后即化作烟尘。这种青春苹果是亚萨神们定期都需要吃上一点的,这样才能不像人类一样衰老死亡,永葆青春的美丽与活力。因此,青春苹果是亚萨园中最珍贵、最重要的宝物。伊敦女神小心翼翼地把这些青春苹果放在一个精致的金篮子里,日夜勤加看管,唯恐受到丝毫损坏。

一日,众神之主奥丁携洛基和海纳一同外出游历。在长长的旅途中,三位亚萨神跨越高山荒野,途经过一个荒凉的山谷,决定停脚休憩片刻。正好当时粮食已告罄,饥饿的亚萨神就从山坡下面的牛群中捉来了一头正在吃草的小公牛。洛基和海纳一同杀死了小牛,他们在一棵高大的橡树下刨了个坑聚柴生火,然后在上面铺上石板。待石板被火苗烤得冒烟时,他们将肥牛切成薄片,铺在石板上炙烤。

三位饥肠辘辘的亚萨神舔着嘴唇,眼巴巴地等着牛肉烧熟,咽着口水想象着一会儿自己吃着嗞嗞冒油、香气四溢的肥牛的场面。过了很长一段时间,按常理来说,牛肉一定已经烧熟了。三位亚萨神想得流干了口水,可是眼前的肥牛还是没有传来噼里啪啦的冒油声,更没有散发出香气。他们仔细查看那些摊平的牛肉,居然还都没有冒烟;伸手去摸摸牛肉,连一点儿温度都没有;咬了一口后,惊奇地发现牛肉竟然还是生的。三位亚萨神以为是火还不够旺,就又添了柴火以加高炉温。饥肠辘辘的亚萨神只得耐着性子看着牛肉又烤了很长时间,没想到过了许久,牛肉依旧是生的。就在三位亚萨神感到迷惑不解的时候,头上传来了令人毛骨悚然的尖笑声。三位亚萨神抬头看见橡树上面停栖着一头丑陋的大苍鹰,正扬声狂笑,眼中满是鄙夷之色。三位亚萨神顷刻明白了牛肉为何迟迟不熟,起身质问这只戏谑他们的苍鹰。这只苍鹰实际上是由巨人塞亚西装扮而成的,他对三位亚萨神说,他有足够的本领让牛肉永远是生的,只有答应让他分得一份,他们才能吃到烧熟的牛肉。

饥饿难耐的亚萨神们不想破坏这份野餐的乐趣,也懒得和他计较,再说牛肉也多得是,便爽快地答应了苍鹰的要求。听到答复的苍鹰立即从橡树上飞下来,栖息在烤着的牛肉旁边。过了一会儿,牛肉果然熟透了,肥油直冒,散发出阵阵诱人的香味。正当亚萨神们兴高采烈地想取肉吃的时候,令人厌恶的苍鹰还没有等亚萨神靠近牛肉,就抢先一步把小公牛身上最好、最嫩的腿肉抢走,津津有味地吃掉了。

饿得最厉害的洛基顿时火冒三丈,他随手操起一根粗壮的树枝用力向苍鹰掷去。吃得入神的巨鹰顿时一抖,吓得振翅飞上了天空;不过在他飞上天空之前,苍鹰的铁爪恰好握住了洛基向他打来的树枝的一头,而树枝的另一头却奇怪地牢牢粘在了洛基的手掌上。

就这样,树枝连着洛基被苍鹰带上了一望无际的天空。这只鹰带着洛基忽而一飞冲天,高入云霄;忽而直落千丈,贴地飞行,颠得洛基把刚才吃下的牛肉全部吐了出来。苍鹰飞了好久,洛基被拖得筋疲力尽,几度跌落。得意的苍鹰又飞了好一段距离后,故意降低高度,使本就气喘吁吁的洛基接连撞到山崖上那尖利的树根和岩石。可怜的洛基全身伤痕累累,骨骼几乎要从皮囊里全部脱落下来。此时此刻,他只能大声地向苍鹰求饶,情愿为苍鹰烤上数不清的小公牛,把其中最好、最嫩的牛肉全部都献给他。

看到懦弱的洛基已经奄奄一息,无法再支撑下去了,苍鹰这才缓慢地告诉他,自己对小牛肉根本就没有什么兴趣,他真正想得到的其实是亚萨园里最美丽的女神伊敦和她守护的重要宝物——青春苹果,倘若洛基不承诺把伊敦女神和青春苹果带给他的话,他就继续飞,直至把洛基撞死为止。胆小怕死的洛基赶紧向苍鹰发誓,一定在约定的时间之内到约定的地方把他想要的东西带来。于是,苍鹰满意地把狼狈的洛基扔到地上,瞬间消失得无影无踪。洛基赶紧往回逃跑,没过多久就碰到了前来寻找的奥丁和海纳。洛基只字不提答应苍鹰的事情,反而随便编造了一个在苍鹰爪下智慧脱身的故事,在亚萨神面前营造了一个勇敢聪明的好形象。

回到亚萨园后,洛基心怀鬼胎地盘算着究竟该怎样才能把伊敦女神和青春苹果如约送到苍鹰即巨人塞亚西手中。不得不说,这个毒誓令洛基大伤脑筋,直至约定时间的那天,洛基依旧没有想到好办法。他苦恼地徘徊在亚萨园内,无意中看见伊敦女神独自在她的宫殿里。洛基灵光一闪,走进伊敦的宫殿,装作对青春苹果非常关心的样子对伊敦说道,他和奥丁、海纳出去游历的时候,曾在一片小树林里看见过许多与青春苹果一模一样的苹果。洛基此番前来就是想请伊敦女神带上她的青春苹果,亲自去趟树林鉴定一下这种苹果是否有青春苹果的功能。伊敦女神非常怀疑洛基的话语,她一直坚定地认为青春苹果是宇宙间独一无二的神物,但看到洛基说得一本正经的样子,她决定带上那一金篮的青春苹果,和洛基去瞧个究竟。可悲的是,当伊敦女神降临到那片树林里时,等待她的并不是洛基声称的那种和青春苹果一模一样的苹果,而是装扮成苍鹰的巨人塞亚西,他从空中俯冲下来,伸出两只巨爪将吓得目瞪口呆的伊敦女神抓住,然后就展翅飞回了巨人国庄园之中。卑劣狡猾的洛基却装作什么事情也没有发生,安然地回到了亚萨园中。

塞亚西把伊敦女神抓回家后,恢复了他本身庞大丑陋的巨人面貌。塞亚西把伊敦女神放在椅子上,轻言细语地对吓得缩成一团的伊敦说:"别害怕,我不想伤害你,只要你把青春苹果给我吃一颗。"伊敦女神得知巨人只是想吃她的青春苹果,而不是贪图美色时,反倒安心下来。她摊开双手说:"本来我出门时就只带了一颗,刚才被你抓在空中,连那一颗都给吓得丢掉了。"塞亚西显然不相信伊敦的片面之词:"外界传言你的青春苹果是取之不尽,用之不竭的,怎么可能只有一颗?别想骗我!"伊敦直言道:"青春苹果是在树上摘下来,并且要装在我的篮子里面,才会取之不尽,用之不竭的。现在这篮子和青春苹果都不在我身边啊!"

索取未果,塞亚西顿时火冒三丈。他认为伊敦一定将青春苹果藏起来了,便扒光了她的衣服,结果一无所获。塞亚西想让伊敦回亚萨园把青春苹果取来,又怕她一去不返。于是,他威胁道:"我把你娶了做老婆,你是我的人后,再回去帮我把青春苹果取来。"说完,塞亚西的眼睛直勾勾地看向伊敦雪白晶莹的肌肤,解开衣服跃跃欲试。伊敦闻言大惊,而后笑道:"天地间只有诗神布拉基能做我丈夫,其他没有经过我认可的人,只要一沾我的身体,就会变成一堆枯骨。否则像我这般年轻漂亮的弱女子,岂不是人人皆可强抢去做老婆?你有本事就来抱我啊!"说完,伊敦故意扭动着娇躯向巨人塞亚西扑过去。塞亚西吓得忙把衣服抛还给伊敦:"别过来!离我远点!你不想办法把青春苹果取来给我,我也不会放你走的。"看来,在性命与美色面前,塞亚西还是觉得生命比较可贵。无可奈何的塞亚西只能先把伊敦软禁起来。

伊敦女神的突然失踪,很快在亚萨园引起了大骚动。失去了伊敦女神和青春苹果,对于亚萨神们来说是件多么可怕的事情,众神将会像人类一样失去青春和活力,不断衰老甚至死亡。众神赶忙集中在奥丁的巨大宫殿里,一起讨论这一严重事态:伊敦究竟上哪去了?没了青春苹果他们该怎么办?

在会议上,众神回想起最后一次见到伊敦的时候,她是和洛基一起步出亚萨园的。众神用怀疑的目光寻找洛基,内心有强烈的直觉——此事必定与无赖洛基有关。众神之主奥丁立即下令将借故没来参加会议的洛基抓来审讯。被抓到会议厅的洛基知道东窗事发,隐瞒是断然没有用的,便当众将事情的来龙去脉一五一十地交代了出来。众神气得大喊着要将洛基处死以泄愤。声泪俱下的洛基恳求众神能够饶恕他的过错,他保证一定会竭尽全力将伊敦女神和青春苹果从巨人手中夺回来。众神讨论再三后,决定暂且答应洛基将功赎罪的恳求,这样夺回伊敦女神和青春苹果至少还有一线生机。

承载着众神的希冀,带着爱情女神芙蕾雅相助一臂之力的宝物"鹰的羽衣",洛基出发了。凭借"鹰的羽衣",洛基以最快速度飞到了巨人塞西亚居住的地方。他在塞亚西的宫殿周围盘旋了一圈观察情势,看见伊敦女神正独自坐在花园中,手里正好拿着盛苹果的金篮子。幸运的是,巨人塞亚西此时也不在宫殿中,而在海上摇船捕鱼。这是一个可以利用的好时机,洛基喜出望外地直接飞到了伊敦女神身边,连句话都来不及说就把她和青春苹果变成了一颗果核,衔在嘴上,腾空向亚萨园飞去。糟糕的是,巨人塞亚西正巧收工回家了,他发现伊敦女神和青春苹果都不见了,急得四处寻找。塞亚西无意中一抬头,望见一只形迹可疑的大鹰刚刚飞过上空,立即意识到这只鹰有问题,也马上变成一只巨大的苍鹰,追了上去。巨人塞亚西远比亚萨神洛基要强壮有力,飞行速度也远比所谓的"鹰的羽衣"要快得多。飞临亚萨园的时候,塞亚西和洛基之间的距离越来越近,几乎快要追上洛基。

在亚萨园中焦急等候的众神看到天空中飞来了两只似乎在角逐速度的大鹰,而前头的那只嘴上还衔着一颗果核,便明白这是夺回伊敦女神和青春苹果仓皇逃跑的洛基,后面追着的一定是巨人塞亚西。于是,众神携带着干柴和刨花登上亚萨园的围墙接应洛基。洛基拼尽最后一点力气飞过围墙,掉落在了亚萨园内。墙头上的众神齐声发出呐喊,将刨花和干柴点燃。紧紧追赶洛基的巨人塞亚西在高速飞行中煞不住身形，冲撞到了熊熊燃烧的火焰墙头上。他的翅膀被瞬间烧得无影无踪，一头栽落下来。亚萨神一拥而上，果断地杀死了巨人。伊敦女神回来后，众神老树回春，重新获得了青春活力，这场危机被彻底化解。后来，巨人塞亚西之女丝卡蒂为报杀父之仇，气势汹汹地来到亚萨园。不过事情发展总有出人意料的时候，丝卡蒂最终没和亚萨神大动干戈，反而选了亚萨神尼尔德做丈夫，也成了亚萨女神。这又是亚萨园中的另一个故事了。

小知识

伊敦，北欧神话的青春女神，是亚萨园中最美丽的女神之一。她是著名的侏儒伊凡尔第的女儿，后来嫁给了奥丁的儿子、诗歌之神布拉基为妻，成了亚萨园中的青春女神。伊敦女神不仅美丽得闭月羞花，而且十分大方热情，对所有的神祇、精灵和侏儒都和气而友善。在亚萨神的欢宴上，她总是和芙蕾雅、西芙一起热情地为豪阔的众神斟酒。在亚萨园中，伊敦女神有一个重要的职司，那就是为众神保管一种神奇的苹果。所有的亚萨神定期都要到伊敦那里吃上一点这种青春苹果，这样众神才能永远保持年轻；否则，他们就会像人类一样衰老甚至死亡。

火焰的统治者诺德

在时代的浩劫中,华纳神族部分神祇作为人质被送到亚萨园中。其中最杰出的华纳神尼尔德,以及他的一对孪生儿女弗雷和芙蕾雅来到亚萨园后,处处充分表现出了巨大的智慧与能力,成为亚萨神中的重要一分子。尼尔德和弗雷逐渐成为举足轻重的领导者,芙蕾雅也成为能与亚萨园中地位最崇高的女神——奥丁的妻子芙丽嘉相提并论的重要角色,地位极其崇高。

在华纳神族的华纳海姆与亚萨神族的亚萨园内,尼尔德是风暴、海浪和火焰的统治者,掌管海洋、渔业和港口。因而,以渔业为生的人类格外崇拜尼尔德,出海之前总是虔诚地向他祈祷,希望平安地满载而归。尼尔德以慷慨著称,向他求助的人经常能得到出乎意料的丰厚赏赐。

这里要说说尼尔德婚事的故事了。当时,巨人塞亚西凶神恶煞地来到亚萨园,企图劫掠青春女神和青春苹果。不过,这一举动被亚萨神发现了,他们发动了大队人马群起诛杀了巨人塞亚西。巨人丝卡蒂是塞亚西的女儿,她与父亲一同住在山上,经常到深山老林里射杀凶猛的野兽。当她听闻父亲塞亚西的死讯时,火速前往亚萨园挑衅寻仇。丝卡蒂头戴金盔,身穿锁子甲,手持长矛弓箭,现身在亚萨园中时完全是一副拼命三郎的气势。

想要息事宁人的亚萨众神看到这个野性凶煞的女巨人,非常客气地接待了她,千方百计要平息她的怒气,希望用和平方式来解决问题。最后,丝卡蒂终于答应不再向亚萨神寻杀父之仇了,但条件是要让她挑选一位亚萨神做丈夫,亚萨神还要有能力令她开怀一笑。

当然,亚萨众神中没有一个会愿意跟这位女巨人成为夫妻,更不愿意被她拣肥挑瘦。因而,亚萨神只答应让丝卡蒂根据众神的双脚来选择,而身体的其他部分都严密地遮盖起来。丝卡蒂早有耳闻亚萨园里人人都称赞巴尔德尔王子,便有意趁此机会把性情温良、英俊无比的巴尔德尔选作自己的丈夫。丝卡蒂把众神露出的双脚仔细观察了一番,发现其中有一双脚的皮肤洁白无瑕,异乎寻常地漂亮。她推断只有巴尔德尔才会有这样美丽的脚,因而大呼起来:"我就选这一个了!"然而事与愿违,这双脚的主人恰恰不是巴尔德尔,而是来自华纳神族的尼尔德。尼尔德是司海洋与港口的神,长年累月居住在海边,他的双脚才会被海浪冲洗得无比洁白。就这样,尼尔德就和丝卡蒂成就了这一段姻缘。

丝卡蒂的第一个愿望已经完成了,而亚萨神还要有能力令她开怀一笑。这个任务自然而然地落到了爱好恶作剧的洛基头上,这正是他施展邪门本领的好时候。大庭广众之下,洛基牵来一头山羊,他把山羊的胡子系在绳子的一端,另一端拴在自己的生殖器上,玩起拔河比赛来。结果洛基与山羊双双跌倒在地,他还假装滚倒在丝卡蒂的石榴裙下,出尽洋相,逗乐了丝卡蒂。为了和解这件事,奥丁还把丝卡蒂父亲的一双眼睛变成了两颗星星,抛上了天空。自此,丝卡蒂和亚萨神之间再也没有任何仇怨了。

然而,尼尔德和丝卡蒂的婚姻并不美满,两者的习惯和爱好相差悬殊,难以培养出长久甜蜜的爱情。尼尔德久居海边,日夜听着浪涛之声,欣赏日出日落的辉煌和海鸟飞翔的雅致;丝卡蒂生长于深山老林,惯于倾听野兽的吼

第一章 天地初造

叫和百鸟的啼唱。刚开始，夫妻双方尚愿互相妥协，商定九天住在尼尔德海边的宫殿，九天住在丝卡蒂山上的居所。尼尔德在山中住了九天，像是受了九天的酷刑，他大发牢骚，诅咒着野狼的嗥叫声，发誓再也不去那种深山老林了。同样，丝卡蒂在海边住满九日后，也满腹怨气，她被那可厌的浪涛声弄得整夜睡不着觉。最后，这对本来就没有感情基础的夫妻各自过着生活，两人的婚姻名存实亡。

但不可否认，或许是和尼尔德结婚生活而沾染了不少神的气息，经常踏着雪靴矫健地奔跑在山林中的巨人丝卡蒂被称为"雪靴女神"，她成为了一位名副其实的亚萨女神。他们的儿子弗雷仪表堂堂，是所有精灵的统治者，也是雨水、阳光、瓜果的统治者，他赐予人类和平与丰收，因而在亚萨神中的地位也非常显赫。

弗雷有一条被称为斯吉德普拉特尼的宝船，那是由最能干的侏儒精心打造后送给亚萨神的，足以与奥丁的八蹄神马、索尔的神锤相提并论的宝物。斯吉德普拉特尼是天地之间最不可思议的一条宝船，大到能够装载下所有的亚萨神及其武器。当宝船升帆航行的时候，在行驶的方向总会有强劲的顺风吹来，使它航行得又快又稳；一旦不使用的时候，它可以折叠成比手帕还要小的一块放置在身上，轻巧方便。

有一日，众神之主奥丁到亚萨园外寻求知识和智慧，开拓自己的伟大事业。一直对奥丁宝座充满好奇的弗雷，趁这个机会潜入了奥丁的宫殿。在奥丁的御座上，弗雷看到了人间、精灵国、巨人国和侏儒国——世界的每个地方。他赞叹着这精彩绝伦的场景，内心满溢喜悦。在巨人国约顿海姆的一个宫殿里，弗雷看到了一位极其美丽的姑娘正路过大厅，走向自己的房间。当她抬手推开房门的时候，明媚的阳光照耀在她裸露着的雪白手臂上，散落了一地金子，她的金发也熠熠发光，整个世界瞬间显得格外光明。弗雷的目光定格了，他痴痴地望着这个姑娘，脑中一片空白，心狂跳不止。

时间一晃而过，当弗雷恋恋不舍地离开奥丁宫殿时，他竟变得非常沮丧与痛苦。或许是老天对于弗雷偷坐奥丁的御座而施予惩罚，弗雷整个脑子都被那位名叫格尔塔的巨人之女强烈地占据着，他顿时陷入了爱情的无限烦恼

之中,变得失魂落魄。

弗雷回到自己的宫殿,开始茶饭不思、沉默不语,整个人沉浸在颓废忧郁之中。仆人见此情景,也不敢贸然上前询问,只得悄悄地将一切禀告给了弗雷的父亲尼尔德。尼尔德感到十分担忧,可是问儿子却问不出个所以然来。弗雷始终不肯告诉父亲大人关于自己的暗恋这等不好意思之事。不忍心看到弗雷继续消沉憔悴下去的尼尔德,只好找来了与弗雷从小一块长大、最亲近的侍从斯基尼尔为他排解困扰。

聪明的斯基尼尔凭借与弗雷往日的朋友情谊,同时还不失时机地奉承了弗雷几句,终于使弗雷向他吐露了真情:此刻的他正沉浸在深深暗恋的痛苦之中,如果得不到美丽的巨人之女格尔塔,他的生命也将没有意义,形容枯槁,宁愿即刻死去,化作一缕尘土。

忠诚的斯基尼尔立刻决定前往巨人国,替他的主人向巨人的女儿格尔塔求婚。临行之前,弗雷交给斯基尼尔两件宝物,以帮助他顺利完成任务。一件是弗雷的骏马,它日夜奔驰而不知疲倦,还能够跨越去约顿海姆必经之路上的一堵熊熊燃烧的火焰之墙。另一件是弗雷心爱的宝剑,能够不加操持就自己投入战斗之中,披荆斩棘、所向披靡。

斯基尼尔一路历经坎坷艰辛,终于来到了格尔塔居住的宫殿。没想到,看门仆人非常不欢迎不速之客,坚决不让斯基尼尔进入宫殿拜访。斯基尼尔与仆人大声争吵起来,这也引起了看门狗的疯狂吠叫。这么大的动静,自然惊醒了此刻正在宫中休息的格尔塔。她走出宫殿,询问道:"何人在门口喧哗?"斯基尼尔赶紧把握机会大喊道:"我乃亚萨神的使者斯基尼尔,远道而来有事相求,请格尔塔赏脸相见。"听到是一位亚萨神的使者远道而来拜访,似有事相求,格尔塔便客气地请斯基尼尔进门,还奉上了自酿的蜜酒。

斯基尼尔向格尔塔表明来意之后,立即遭到了格尔塔的拒绝,她怎可能贸然嫁给一位连面都不曾见过的陌生男子。斯基尼尔见不行,就实施利诱策略,送上了十一个用纯金打造的苹果和一只每过九个夜晚就会生出八只同样手镯的神奇金手镯。遗憾的是,美丽的格尔塔一点也不为金银财宝所打动,断然拒绝了弗雷的求爱。

　　斯基尼尔见到利诱不成,拉住要转身离去的格尔塔,装作凶狠的样子拔出弗雷的宝剑,企图进行威逼。他鼓动如簧之舌,欺骗格尔塔如果不肯答应他的要求,他就会凭着这把神剑的威力,把她送到死亡之国中去,让她生不如死,永世不得复生。一旦进入死亡之国中,格尔塔将变得极其丑陋,将再也见不到任何神祇和人类,终日与一个三个头的怪物生活在一起,在黑暗中毫无希望地痛苦过一辈子没有尽头的地狱般的生活。说完,斯基尼尔装模作样地对着神剑念动卢尼文字的咒语,扬言这一切可怕的事情即将立刻降临到格尔塔的头上。自然,对于这位柔弱的姑娘,斯基尼尔的恐吓成功了。哭得梨花带雨的格尔塔被迫答应了斯基尼尔的要求,但她告诉斯基尼尔自己需要好好做个准备,九个晚上以后才能与弗雷正式相会。

　　斯基尼尔凯旋而回,急不可耐的弗雷在离家很远的地方迎接他,询问此去的结果。斯基尼尔得意地告诉他格尔塔答应九日后前来赴约。没想到,当弗雷得知自己还要再等九个晚上才能与心上人相会时而忧伤万分,叹了口气,吟出了著名的爱情诗句:"一夜无比漫长,两夜不可等待,我怎么能度过,三个夜晚,竟还有九个夜晚;爱河深处的半个夜晚啊!比一个月的时间还要漫长许多。"

　　九个晚上在千辛万苦的等待中成为过去,美丽的格尔塔如约而至。她带来了一些凶神恶煞的巨人侍从。弗雷兴冲冲地迎上前去,没想到刚碰到格尔塔娇嫩雪白的玉手,就有种被针狠狠刺了一下的感觉。格尔塔装作很无辜的样子看着弗雷:"我来赴约了,如果你不碰我也不和我说话,那我可就回去了。"弗雷知道她这番前来做了充足的准备,就等他失去耐心后打道回府。不过弗雷哪是见异思迁之人,他认定了的东西怎么可能那么容易改变。弗雷不急不躁地说道:"既然来了就别急着回去吧!做客几天,看看我们这亚萨园的美丽风景。"弗雷精心安排格尔塔住下,打算真心照顾格尔塔,用漫长的时光来打动她。在弗雷的努力以及众人的帮助下,格尔塔看到了弗雷点点滴滴的体贴,渐渐被他播撒丰饶、兴旺、爱情、和平的潇洒身姿折服,终于爱上了弗雷,心甘情愿地嫁给了他。他们两个幸福地生活在一起,一直到雷加鲁克降临、世界毁灭的那一天。

　　这对父子,一个被女巨人一眼相中脚,一个一眼相中女巨人,就这样一见钟情,与女巨人产生了感情。

小知识

　　弗雷(Freyr),华纳神尼尔德之子。弗雷是丰饶、兴旺、爱情、和平之神,美丽的仙国阿尔弗海姆的国王。一说他与巴尔德尔同为光明之神,或称太阳神。他属下的小精灵在全世界施言行善。他常骑一只长着金黄色鬃毛的野猪出外巡视。人人都享受着他恩赐的和平与幸福。他有一把宝剑,光芒四射,能腾云驾雾。他还有一艘袖珍魔船,必要时可运载所有的神和他们的武器。

帝王之位，鹿死谁手？

众所周知，众神之主奥丁酷爱旅行。旅行的经历不仅给了奥丁无穷无尽的乐趣，还给予了他无穷无尽的知识和智慧。奥丁也时常装扮成老人或者巫师，到人间旅行的同时体察疾苦、惩恶扬善。因而，奥丁的潇洒神迹也纷纷扬扬地留在了人类居住的中间园内。其中，就有这样一个流传人间的故事。

从前，人间里有一位国王，他的两个儿子分别叫做安格纳和吉洛德，他们从小调皮捣蛋。在安格纳十岁、吉洛德八岁的那年，有一次，尚未长大的兄弟两人瞒着家里人，偷偷摇着小船去河里捕鱼。兄弟两人找了一处不错的捕鱼点，捋起袖子准备下手。不幸的是，他们捕鱼的地方突然刮起了猛烈大风，吹得兄弟两人完全睁不开眼睛。尽管两兄弟顶着风拼命划船，小船还是被狂风刮到了一望无际的浩渺大海上。天色渐暗，夜已经降临，小船在漂泊了很久以后，终于在一处海滩上搁浅了。

黑暗中，又饿又累的安格纳和吉洛德只能弃船登岸，摸索着向陆地走去。在陌生的土地上，他们循着烛光找到了一户农家。开门的是一对农夫夫妇，兄弟两人讲述了他们的遭遇，请求能够暂且借宿休憩。恰好这对憨厚老实的夫妇结婚多年无子，便好心收留了兄弟俩，为他们捧来了温暖的被褥。在这一整个寒冷的冬天里，老夫妻把安格纳和吉洛德当做亲生儿子对待，精心照料他们。农夫照料年幼的吉洛德，农妇则负责照料年长的安格纳，他们不仅把兄弟俩养得壮壮实实，还教会了他们许多的知识。

转眼间，春暖花开，兄弟两人熬过寒冷的冬天，便强烈想念起自己的家乡。眼见他们思乡心切的农夫亲手为兄弟俩造了一条小船，方便他们驶回自己的故乡。没多久，小船就造好了，这也意味着送别的日子到了。想到大家即将分别，每个人的内心都非常舍不得。农夫夫妻伤感地将安格纳和吉洛德送到海边，依依惜别。这里有个小插曲，兄弟两人即将启程的时候，农夫把自己照顾的年幼的吉洛德拉过一边，说了些悄悄话，神秘地教授了一些机宜。

安格纳和吉洛德摇着小船，哼着小曲，一路平安前行，眼看离故乡的国土越来越近。然而，就在他们即将靠岸的时候，站在船头的吉洛德带着桨一下子跳上了岸滩，转身用力将小船推离岸边。正好大风吹来，加上这一推之力，载着安格纳的小船又向海中漂去。

安格纳慌张地边大喊边用手用力划水，但小船根本无法回头。原来，这得归咎于农夫的授意。吉洛德无情地做了这一切后，得意洋洋地对他远去的兄弟安格纳喊道："你随便漂到哪里去吧！"可怜的安格纳被大风和自己的弟弟吉洛德推向了遥远的巨人国度约顿海姆。成堆的邪恶巨人抓住了安格纳，他成了日日服侍巨人的奴隶和平日供巨人玩耍取笑的小丑。

吉洛德独自一人回到了父王的宫殿。恰逢老国王刚刚亡故，大臣们正在宫殿大厅中发愁。吉洛德安然无恙地出现在了众人面前，群龙无首的大臣们欣喜万分地拥戴他做了国王。国家在受到农夫教导过的吉洛德手里被治理得井井有条。

受尽屈辱的安格纳每天都在岩石上划上深深的一条线，这条线蕴藏着他心中无限的怒火。在划第一千条线的时候,安格纳偷取了巨人埋在最高山上的藏宝图;在划第两千条线的时候,安格纳在雪山深处拔出了曾经属于光明之神的宝剑;在划第三千条线的时候,安格纳开始秘密制造一艘小船,决心逃离这鬼地方,去找无耻的弟弟报仇雪恨。当风吹进解冻的河里时,安格纳头也不回地向海中驶去。经过了三个昼夜,他终于看到了自己的故乡。

雾气朦胧,安格纳踏上故土,清晨的安宁并没有让他心中有稍许的平静。安格纳愤恨地将路边娇羞含苞着的花往掌心一捏,它还没来得及绽放清香的花蕾,就香消玉殒在复仇的恨意中。安格纳走过了森林与河流、山脉与村庄,终于回到了熟悉的城堡。一路上,他听到的都是对弟弟吉洛德国王的赞美:讨伐蛮夷带来奴隶和土地,擒获盗贼带来平安和贸易,"真是一名伟大英明的国王","受全民爱戴"。而这一切,本来全部都该属于眼前这位衣衫褴褛的流浪汉——安格纳。

愤怒的安格纳无法忍受这些人对无耻弟弟的赞美,宝剑以闪电一般的速度划过了这些歌颂君主的人。安格纳长年居住于巨人堆,早已养成了残忍暴躁的性格。整片土地顿时被染成了血红色。毫无疑问,没多久,全国就贴满了用最昂贵的赏金通缉他的告示。安格纳无路可逃,只好躲进了森林深处。

一日,盗贼团路过森林,在泉水旁边发现了安格纳。盗贼首领跟安格纳说:"你好,我的名字叫霍尔德尔。"安格纳狐疑地看着盗贼头目,随时都准备着拔出自己的宝剑防御。霍尔德尔接着说:"你是否愿意跟我做笔交易?""什么交易?""我帮你逃离这个国度,代价是你手中的宝剑。"

安格纳苦笑着说:"我历尽千辛万苦才来到这里,你却叫我离开?""难道你不知道国王现在可是在用五千个金币通缉你。""我是不会走的!我只要吉洛德死!""吉洛德是这万里疆土的主人,你凭什么夺得千人守护的国王的头颅!""只要你们愿意帮助我,我将告诉你们巨人族埋藏宝藏的地点!""巨人族生活在遥远的北方,你怎么可能知道他们的秘密?"

安格纳拔出手中的宝剑指向天空,宝剑在阳光的照耀下闪现出缤纷的颜色。"这就是巨人族从亚萨园中掠夺来的巴尔德尔之剑,得到它的人将获得无限的力量!"盗贼们聚精会神地看着圣剑,完全沉溺在对无尽宝藏的幻想之中。霍尔德尔开口了:"要我们帮你杀死吉洛德对吗?也许我们会死很多人,甚至我们整个盗贼团都会灭亡!那付出的代价太大了!""若成功,你们的收获也大,将得到巨人族独一无二的宝藏!"

最终,贪婪战胜了恐惧。为了得到传说中的巨人宝藏,盗贼团整日整夜地谋划着如何杀死国王吉洛德。安格纳终于看到了得以发泄的曙光。经过策划,盗贼们决定趁吉洛德在每年初春到各地视察这唯一确定他离开守卫森严的城堡的时机下手。这是战斗力处于绝对弱势的盗贼们谋杀国王的最好机会。霍尔德尔开始筹备计划,在收集多方情报后,众人决定在伊斯特下手谋杀。小村庄伊斯特森林环绕,人烟稀少,盗贼们可以藏匿在村庄的周围,对国王的亲卫军实行偷袭。

安格纳看到记恨了十年的仇人衣裳华丽地踏入自己眼帘时,他的心就像燃烧着的火山熔浆一样沸腾。满腔的仇恨冲昏了安格纳的头脑,他已经无法控制自己的行为,迫切地要冲下山去一刀杀了虚伪无耻的弟弟。当然,霍尔德尔制止了安格纳愚蠢的行为。

就在吉洛德国王微笑着发表演说的时候,霍尔德尔一声令下,无数的圆木从山顶滚向山脚下的伊斯特村庄。同时,冒着火星的弓箭疯狂地射向了围在村子中央的人们。不一会儿,山下已然变成一片火海。

狂暴的安格纳带领着盗贼们冲下山去,剑与斧头已无情地砍向生灵,鲜血四处飞溅,惨叫声不停地回荡在山间。安格纳发疯似的寻找着吉洛德,他等候了那么久,就为了这一天!然而事与愿违,安格纳阅尽了倒地的每一个人,踏遍了村庄的每一寸土地,都无法找到国王吉洛德。

霍尔德尔生气地说:"我们花费巨资袭击了这个贫瘠的村子,最后居然什么也得不到!"安格纳掩饰不住自己的失望,但他只得耐心地继续引诱盗贼,因为他清楚地知道,没有这些人的帮助,仅凭自己一人之力是不可能达到目的的。"等你们帮我杀死国王,你们将拥有一切。""我们当然非常愿意帮助你,但是这场战斗花费了我们所有的积蓄,已经没有钱来准备第二次袭击了。"安格纳沉默不语。"我们需要资金!"霍尔德尔把话挑明,"你还是告诉我们巨人宝物的藏匿地点,以便让我们再次筹集资金,否则我们无法再帮助你。""好吧,宝物藏在约顿海姆东边大陆的第十三座山上。""山上的哪里?"霍尔德尔急切地追问道,"确切的地点呢?"

安格纳从怀中掏出了一块黑色的烂布,用火焰点燃了它。让人意想不到的是,黑色的烂布被火光吞噬着,却怎样也烧不成灰烬。渐渐地,黑色开始褪去,留下了一张灰白色的纸张,这便是巨人族的藏宝图。霍尔德尔激动地接过地图,翻来覆去地确认着是否是真正的藏宝图。

等到肯定后,霍尔德尔仰天大笑。"你一定要帮我杀死吉洛德!""好的、好的,放心吧!我一定会的。"霍尔德尔笑着拍着安格纳的肩膀。可是就在此时,他突然从身后拔出了一把匕首,刺向了安格纳的心脏。安格纳躲闪不及,中刀倒在了地上。他感到了死神一步步地临近,吞噬着自己的生命,"为什么自己落得如此下场?"安格纳内心抽痛。

"安格纳。"一名身穿铠甲的女子正飘浮在半空中,对着安格纳喊道。正在无边黑暗中挣扎的安格纳问道:"你是谁?""瓦尔基里。"女子安详地说。"瓦尔基里?女武神瓦尔基里?"安格纳吃惊地说道。"是的。""那这里是?""你已经死了,我将指引你去瓦尔哈拉,你将为神而战。""我只想复仇!""可是你已经死了,人间的一切你都无法再触摸了。""为什么!我还不想死!""为神而战,你将得到你想要的。"

许多年后的一天,众神之主奥丁和妻子芙丽嘉一起坐在亚萨园中的神奇御座上俯瞰各个世界。无意之中,奥丁在人类的中间园里看到了已经当上国王、威风凛凛的吉洛德。往事一下子涌入记忆中:许多年前,他和芙丽嘉装扮成农夫和农妇,将两个走失的年幼兄弟抚养了一整个冬天。

奥丁转身对芙丽嘉说道:"你还记得那两个人类的年幼兄弟吗?你看我抚养的这个吉洛德,已经成了位高权重的国王!你抚养的那个安格纳,现在大概在哪个山洞里和女巨人生了一堆儿子吧?"

芙丽嘉当然知道,当年奥丁为了和她比试,有意让弟弟吉洛德在回家时算计他的兄弟,顺利继承王位。这样,奥丁足以向她证明,他的神力、智力远胜于芙丽嘉,就连他俩分别抚养过的儿童成不成才也有天壤之别。

看着奥丁得意洋洋的样子,芙丽嘉故意只是淡淡地说:"可惜,吉洛德国王是个暴虐之君。他时常无缘无故地虐待子民,百姓早已怨声载道。"奥丁狐疑地看着芙丽嘉,不愿相信她说的话:"胡说!你没看见他把国家治理得井井有条,百姓安居乐业吗?"芙丽嘉笑道:"不信你就自己去看看喽!"

不服气的奥丁决定亲自前往中间园,微服察访吉洛德国王的德行作为。事实上,芙丽嘉说吉洛德国王是个暴虐之君其实是一种诽谤,就是为了气气奥丁。在奥丁动身之前,早已知道奥丁计划的芙丽嘉立即派贴身女侍芙拉前去拜见吉洛德国王。芙拉对吉洛德说:"我乃天上的神仙,近日预言出有一个神通广大的巫师即将降临到你的国家来了,这个巫师会用妖术蛊惑于你。看你治理国家有方,不忍心你受害,特来提醒你一定要预先提防。"

吉洛德疑惑地问道:"既然巫师如此神通广大,我又怎能将他辨别出来有效提防呢?"芙拉不慌不忙地回答道:"虽然这个巫师精于变化,但因为他神通广大,就连最凶恶的狗都不敢朝他吠叫,所以还是很容易就辨认出来的。"

不明就里的吉洛德还是相信了芙拉的话,号令天下,竭力捉拿恶狗见了也退避三舍的巫师。结果,乔装打扮成巫师的奥丁行走在吉洛德国王的地盘没多久,很容易就因为所有狗都不敢朝他吠叫而被武士识破抓了起来。当时,身穿着一件深蓝色大衣的奥丁很快就被武士扭送到了吉洛德国王的面前。吉洛德问道:"你叫什么?来此有何目的?"奥丁自称格里姆尼尔,除此之外,他态度强硬,拒绝回答任何其他的问题。心急火燎又惧怕巫师的吉洛德等待半天也不见奥丁的回应。为了彻底盘查格里姆尼尔的底细,吉洛德国王下令对他严刑拷打逼问。奥丁被绑在了阴湿黑暗的地下牢狱中,吉洛德害怕他逃跑,又将其迁移到了宫殿里面。两盆熊熊烈火一前一后无情地灼烧着奥丁。八天八夜,奥丁不曾移动身体,也没有人送上肉食和蜜酒。滴水未进的奥丁被折磨得死去活来。

吉洛德国王有一个年幼的儿子,后来已经登上王位的吉洛德感到颇为对不起自己的兄长,就把儿子的名字取为安格纳,以兹纪念。小安格纳是个善良的孩子,平日里四处玩耍的他亲眼目睹宫殿里无端吊着这个被大火烤了八天八夜的可怜老人,感到无比同情与怜悯。他不明白父王为什么要这样对待一个弱不禁风的老人。小安格纳用一个牛角杯盛了水,偷偷地端去给这个受刑的老人喝。在小安格纳看来,吉洛德父王这样无缘无故地拷打一个不知来历的老人家,是非常不公正的。

受尽折磨的奥丁接过牛角杯,喝了一口甘露,将剩下的水倒在了身下的火盆中。小安格纳不可思议地看到火焰不仅没有浇灭,反而愈燃愈旺,点着了眼前这位老人那一身深蓝色上衣。小安格纳呆坐在地上,目不转睛地盯着这位神奇的老人。火光映照下,奥丁对小安格纳吟唱起了一首宏伟的诗歌。在诗歌中,他详细地叙述了世界与人类的起源、统治世界的众神、亚萨园里的情景。诗歌末尾,他揭露了自己的真实身份,世界的最高统治者——奥丁。

在奥丁吟唱的时候,听到宫殿声响异常的吉洛德国王手持宝剑跑了进来。刚进了大殿,他就看见火光冲天的巫师在高亢地吟唱;而小安格纳坐在地上,痴迷地听着,全然没有注意到他的到来。吉洛德国王刚想拔剑发火,却听见诗中充满了他闻所未闻的博大知识,转而被深深地吸引住了,不知不觉中,他松开紧握宝剑的手,与小安格纳坐在地上一起听他吟唱。当吉洛德国王听到这个自称格里姆尼尔的巫师就是众神之主奥丁时,不由大吃一惊,感到自己犯下了一个不可饶恕的过错。

吉洛德国王赶紧起身,伸手欲将奥丁从火焰中拉出。没想到,早已忘记放置在膝盖上的宝剑滑落在地,而急着跑上前拉奥丁的吉洛德又不幸一下绊倒在宝剑的剑口上,当即命丧黄泉。而格里姆尼尔,也就是奥丁,在吉洛德国王死去的时候突然消失得无影无踪。奥丁当然不知道芙丽嘉早已暗中使了计谋。回到亚萨园的时候,芙丽嘉笑吟吟地迎了上来:"此番行走,感觉如何?"奥丁垂头丧气极了:"我没想到会是这样的,失望啊!可惜了一条性命。"

吉洛德国王死后,他的儿子小安格纳如奥丁所愿,继任了王位。因为深受奥丁的谆谆教诲与寄予的厚望,小安格纳为人处世大方得体,治理国家井井有条。在他统治的时期，国家风调雨顺，人民安居乐业，所有人过着幸福的生活。

小知识

芙丽嘉(Frigga)，又译芙莉格，奥丁的妻子。是爱神，掌管婚姻和家庭，在天堂和冥府中都有统治权。她美丽，金色的头发中间夹着白色的羽毛，身着束着金色腰带的白袍，腰带上挂一串钥匙。她喜欢漂亮的服装和闪光的珠宝。她偷了奥丁的黄金去买一串贵重的项链。奥丁发现后，愤而出走。宇宙随即为冰霜巨人所统治，严冬窒息了一切生机。直至七个月后，奥丁回到阿斯加尔德，这场危机才过去。因此享有坐在奥丁宝座上的特权，芙丽嘉有周知宇宙间万物的力量。她又是睿智的预言者，知道一切未来的事，但是却沉默，从不说出她所知道的知识。

人类三个等级的诞生

众神的首领之一希尔达姆曾立下誓言,永做人类忠诚的保护神。为了方便众神到风景如画的乌达泉边来,众神之主奥丁造起了一座七彩的桥梁,从亚萨园的大门口一直通往泉水旁边。这座桥梁有七种鲜艳的色彩:红、橙、黄、绿、蓝、靛、紫,也就是人类眼中看到的彩虹,它在亚萨园中被称为彩虹桥。而希尔达姆的职责是日日夜夜警惕地守卫着亚萨园的大门,密切留意亚萨园必经之路彩虹桥周遭的一举一动。希尔达姆也经常到人类的中间园中游历,据说人类关于奴隶、自由人和贵族的三个等级就是希尔达姆制订的。

有一日,希尔达姆化名为里格,乔装踏上了前往人类中间园的道路。行程初始,里格来到了一户老年夫妻家中。尽管老夫妻穿着寒酸,日子贫苦,但他们还是非常热情地接待了远道而来的陌生客人里格。妻子艾达为里格端上了午餐,那是一条又厚又硬、烤得十分粗劣的面包与一碗水煮肉。里格表达感谢后进食。虽然面包生涩无味,水煮肉也寡淡无味,但这已是老夫妻家中最好的食物了。里格决定先在这户人家落脚。每天白天,他帮助老夫妻做点农活,夜晚则与这对老夫妻睡在一起。

三天之后,里格离开了这户农家。不久,妻子艾达竟然生下了一个健康的小男孩,起名叫做特拉耳(意为奴隶)。特拉耳是个非常壮实的孩子,长得还算清秀。没想到,他长大以后却越来越难看,逐渐变得非常丑陋。他有一头黑色枯燥的头发,一双神情呆滞的眼睛,脊背弯曲躬立,皮肤粗糙如革,令人退避三舍。但是,特拉耳非常勤勉,他每天日出而作,日落而息,还将大捆大捆的柴火扛回家中。

有一天,一个同样丑陋的姑娘突然来到了特拉耳的家中。那姑娘一脚的泥污,大咧咧地一屁股就坐在了屋子的当中,没多久就和特拉耳打闹取笑起来,夜晚更顺理成章地睡在了一起,一切都显得那样自然而然。这一对男女成了夫妻之后,生下了十二个儿子和九个女儿,这些粗陋高大的孩子们又繁衍出更多后代,人类中的奴隶等级由此而产生。

在人间之旅中,里格来到的第二户是一个小康家庭。里格来访的时候,夫妻俩正忙于工作,丈夫把木条削成纱锭,妻子挥动手臂纺纱编织。他们请里格坐在了屋子中央,同样热情地招待了他。进餐的时候,里格坐在餐桌中间,享用了夫妻家中最好的食物。在这户人家中,里格也住了三天,每天晚上同样睡在夫妻两人的中间。里格离开以后,秀外慧中的女主人也生下了一个儿子,起名为卡尔(意为自由人,农夫)。

卡尔迅速地长大成人了,他眼神灵活,身材高大有力,性情十分温良。卡尔非常能干,耕田播种、饲养牲畜、锻造农具、建造房屋,样样都精通。偶然中,一个精明干练的美丽姑娘看见了阳光下卡尔挥汗劳作的身影,她中毒似的爱上了勤快的卡尔。没多久,他们就互相交换了定情信物,建立了一个男耕女织的小康家庭。卡尔夫妻也生下了许多孩子,由此繁衍出了人类中的自由人等级。

里格最后造访的第三户是一个富裕的家庭。在精美的屋舍外,里格见到了男女主人悠闲地坐在庭院里,互相触碰手指取乐逗笑。女主人美丽非凡,穿着丝绸制的衣服,勾勒衬托出那高耸的乳房、如雪般洁白细腻的皮肤以及那曼妙的身姿。在这里,里格依旧受到了热情的款待。就餐的时候,镀金边的餐桌上井井有条地摆放着精致的桌布、一整套用银子打造的餐具。食物也品种繁多,精美可口。里格享用着烤火腿和家禽的肉,用金杯斟上几盏美酒,好不逍遥快活。在这户人家,里格也做了三天的客,每晚睡在夫妻的中间,三人一同睡在那温暖、柔软的华床上。

里格离开了九个月后,美丽的女主人生下了一个男婴,取名为雅尔(意为公爵)。小雅尔长得英俊无比,金发碧眼的他从小就穿着丝绸做成的高级衣服。成长过程中,雅尔学的全是贵族家的功夫,如骑马击剑、弯弓狩猎。等雅尔长大后,里格再次来到了这户富裕人家,教授了雅尔许多高深的学问知识,还鼓励他闯荡世界、建功立业。

终于在学得一身本领后,雅尔不负所望,骑马远征去了。在森林边缘,有一个美丽的地方,依山傍水,鸟兽群居,雅尔和那里的战士进行了一场惊心动魄的战斗,获得了最终胜利,征服并占有了那片富饶的国土。雅尔拥有了十八户人家的属地,成为一方之主。

后来,雅尔娶了一个聪明美丽的富人之女为妻,她为雅尔生下了十二个高大英俊、雄壮有力的儿子。雅尔的儿子们都是伟大的战士,个个骁勇善战,精于骑射,他们不断地向四方出征,获得了无数的属地,也都成为了国王和诸侯。从这些国王和诸侯开始,人类就繁衍出了贵族等级。

就这样,既有力量又有智慧的希尔达姆,带领人类踏上了人间的绿色大道。人类的阶级因此也有三个:身为统治者的贵族、被压迫的奴隶、处于中间的"自由民"性质的农民。

小知识

希尔达姆(Heimdall),又名里格,是众神的守护神,奥丁与海浪九姐妹所生之子。口长着金牙,眼光敏锐深远,能眼观四面,无论白天、黑夜都能看三百里远,亦能耳听八方,俯伏在地上能听得见青草生长的嘶嘶声。他日夜护卫在天界入口要道的比弗罗斯特彩虹桥(Bilrost),防御冰霜巨人的侵袭。他骑着金鬃马,肩背奥拉尔号角,遇有紧急情况便吹起号角,召唤众神祇前来应付。传说他是天界第一人。众神末日来临时,海姆达尔与火神洛基同归于尽。

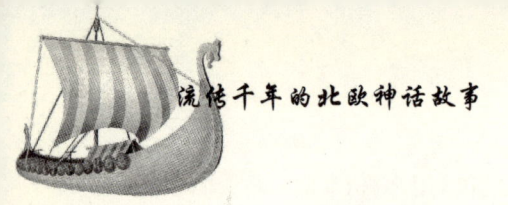

这张煮不烂的鸭子嘴

很久以前，众神之主奥丁和洛基因为一些际遇而相识并有缘八拜相交，成了生死与共的结义兄弟。后来，尽管洛基的双亲、所有的兄弟姐妹均是可怕的巨人，但是洛基也因为与奥丁这一层的关系，成为了亚萨园中众神的首领之一。

洛基面容英俊而高贵，仪表堂堂，但性情极为乖张，时常任意妄为。他凭借高强的本领到处欺诈行骗；他花招百出、诡计多端，屡屡得逞。这些行为给亚萨园带来了许多不必要的麻烦，众神为此伤透了脑筋。但洛基也不是一个只会惹是生非的神，他经常凭借自己的智慧出谋划策，为众神排忧解难，屡建奇功。因此，洛基在亚萨园中处于一个很奇怪的位置，他既是众神中举足轻重的人物，也令那些生性耿直的亚萨神非常讨厌。在这其中，最憎恨洛基邪恶本性的，莫过于忠烈刚直的希尔达姆和战神泰尔，他们通常被称为

"洛基的敌人"。

洛基显然和其他的亚萨神不同,他绝对不是一位勇敢的战士,没有一件值得称道的、属于自己的独特武器。他最大的本领便是以他的三寸不烂之舌颠倒黑白,将事物描述得天花乱坠。但当危险真正来临的时候,他绝对是逃跑得最快的那一个,他时常化为一条鲑鱼跳入江河溪流,瞬间淹没得无影无踪。为了能在危急关头尽快消失,他甚至花了很大代价弄到了一双号称神行的千里鞋。据传,这双鞋能助主人日行千里,跋山涉水如履平地。而洛基还有一个众所周知的爱好——恶作剧。

美丽善良的西芙女神是力量之神索尔的妻子,她有一头非常令人赞叹的金色长发,闪耀着比金子还要亮丽诱人的光泽。西芙为她那无与伦比的金发而自豪,经常坐在花园中梳理长发,引来他人注意。这个行为无意间被洛基看见了,便勾起了他搞恶作剧的念头。顽劣的洛基竟趁西芙睡觉的时候,把她那引以为傲的金发剪得一干二净。醒来后的西芙发现自己的头发一根不剩,几乎晕厥过去,止不住地痛哭起来。索尔回到了家中,见到妻子的模样,马上知道这一定是洛基的恶作剧。索尔飞快地冲出家门,一把揪住正在外面四处闲逛的洛基,怒吼要把他身上的贱骨头一根一根地拆下来。洛基被索尔有力的大掌抓得疼痛彻骨,无法挣脱,只得拼命地求饶,他发誓一定去找侏儒国中的能工巧匠,为西芙打造与之前一模一样的金发,而且能够像真的头发一样具有生命力能够生长。索尔听了决定暂时饶恕洛基,命令他去找寻他所声称的金子头发,恢复西芙原本的美丽,否则他身上的骨头很快就会变得七零八落,永远无法组合到一起。

现在先来介绍一下侏儒国的状况,侏儒国位于大地下面,许多侏儒居住在岩石洞穴深处,或者黑色的泥土下面。这些小小的黑色精灵如果被日光照射到了的话,只要一点点,就会熔化掉或者变成石头。侏儒们虽然躲在阴暗角落,却素负能工巧匠之名,特别善于用金子打造各式各样精巧而神奇的宝物。

在侏儒国所有侏儒中,最有才华、最负盛名的匠人是老侏儒伊凡尔第和他的儿子们。亚萨园里的青春女神伊敦正是伊凡尔第的女儿,掌管着重要的神物——青春苹果。所以,伊凡尔第家的侏儒们与亚萨园的众神们有着密不可分的关系。

当洛基匆匆来到侏儒国请求帮助时,得到了伊凡尔第的儿子们的礼貌接待,他们答应满足他的要求。当洛基离开侏儒国时,他果真如愿以偿地得到了能够像真的头发一样生长的金子头发,还有侏儒们赠送给众神之主奥丁的一柄长矛及赠送给弗雷的一艘能折叠起来的神船。

兴高采烈的洛基走在回去的路上,迎面碰上了伊凡尔第的其中一个儿子布洛克。洛基得意洋洋地掏出手中的三件宝物,对布洛克吹嘘说:"你看看我手中这三件宝物是不是很炫?听说,伊凡尔第的儿子中,你哥哥辛德里的名气最大,但恐怕辛德里再有本事,也做不出和这些宝物一样神奇的东西吧?"布洛克对他的哥哥辛德里充满信心,反问洛基:"做得出来又如何呢?"于是,洛基信口开河地和布洛克打赌,如果铁匠辛德里能够打造出和这三样宝物一样神奇的宝物来,就把自己的项上之头奉送给对方。

两人随即一同来到了辛德里的石洞作坊,向他说明了事情原委。在听完他们打赌的事宜后,少言寡语的侏儒辛德里决定证明一下自己的实力。他不慌不忙地将一块斑驳的猪皮扔进炼炉中,制作起所谓的宝物来。过了一会儿,辛德里声称有事转身走出了石洞作坊。在出门之前,他吩咐布洛克要不断地拉动风箱,在他回来之前绝对不能中断,以求保持炉膛中的烈火始终能够熊熊燃烧。没过多久,有一只凶恶的苍蝇飞来停在布洛克正在拉动风箱的手上,狠狠地咬着他手上的皮肤。但是不管苍蝇咬得多凶、多痛、多痒,布洛克牢记着辛德里的吩咐,一刻也没有停下拉风箱的工作。很快,辛德里匆忙赶回到了铁匠作坊,从始终火光熊熊的熔炼炉中取出了一头山猪。山猪全身闪耀着灿烂的金光,每一根鬃毛都是金子。

接着,辛德里又往炉子里扔了一块金子,再次嘱咐布洛克一定要在他回来之前不断地拉动风箱,然后又转身离开了石洞作坊。洛基不敢相信亲眼所见,辛德里居然轻轻松松地把一块破烂猪皮炼成了一头神秘的金鬃野猪,不免为自己的项上人头担心起来。于是,洛基变出了一只苍蝇飞到了布洛克的脖子上,恶狠狠地咬他。布洛克的脖子被苍蝇咬得疼痛难忍,但他仍坚持一心一意地不停拉着风箱,直到辛德里再次回来。这一次,辛德里从炉中取出了一只闪闪发光的金手镯。

最后,辛德里把一块生铁扔进了烈焰之中,依然神秘地离开了作坊。又惊又怕的洛基为了保住自己的性命,变成了一只又大又凶的苍蝇,停在了布洛克的眉眼之间。为了干扰布洛克,这只苍蝇毫不留情地咬着他的皮肉。布洛克强忍着痛楚,一刻不停地拉动风箱。渐渐地,他的眉眼被苍蝇咬得皮开肉绽,鲜血从伤口源源不断地流出来,很快就糊住了他的眼睛。布洛克无法看清眼前的风箱,无奈之下,他只好抬手擦了一下眼睛,看清眼前的视线,驱赶走这只可恶的苍蝇。这一瞬间,炉膛中的火焰骤然变得微弱下来了,辛德里也正好从外面回到了石洞中。尽管火势才减弱了一瞬间,还是在熔炼快要完成时,辛德里还是十分不满地责骂布洛克不该停下拉风箱的手而去驱赶不知从哪来的苍蝇。这一次,辛德里从炉膛中取出了一把虽不精巧,却十分结实的铁锤。

辛德里把金鬃山猪、金子手镯、铁锤一并交给了布洛克,让布洛克和洛基同去亚萨园,由奥丁、索尔和弗雷三位神祇一同来评判这三样炼出的宝物与洛基手中的三件宝物金子头发、长矛、神船相比,到底孰优孰劣。

当洛基和布洛克回到了亚萨园的时候,恰逢众神正在奥丁的宫殿里聚集着商议事务。首先,洛基履行了承诺,将金子头发交到了索尔手上,索尔为西芙戴上假发,果真,这金子头发看起来跟真的头发一样有活力,而且使西芙显得更加光彩照人、美丽优雅。索尔相当满意,决定看在金子头发的份上饶恕洛基。接着,洛基向奥丁献上了侏儒们为他打造的长矛。这柄长矛一旦投掷出手,绝对能击中目标,它还是全世界最锐利的武器,能够刺透任何抵挡的盾牌。最后,洛基把神船交给了弗雷。这是一条折叠后小到能放在口袋中,打开又能容下千军万马的神奇宝船。

这时,侏儒布洛克上前说出了赌约事由,献上他的三件宝物。布洛克送给奥丁的是那只熠熠发光的金手镯。这只看起来普普通通的金镯实际上是一个聚宝盆,每隔九个晚上就能生出八只一模一样的金手镯。奥丁高兴地收下了手镯这个贵重的礼物。布洛克又向弗雷献上了金鬃山猪。这只金鬃山猪能够跨越崇山峻岭，能够飞越海洋和湖泊，日日夜夜地奔驰永不停歇。更为奇特的是，山猪头上的金鬃会发射出明亮的光线，将黑夜中奔驰时的道路照得如同白昼。最后，布洛克把铁锤交给了索尔，他说，这把锤子是天地之下最有力的武器，只要用力把它掷向目标，任何东西都不堪一击。而在击中目标后，无论掷得多远的锤子都会自动地飞回到主人的手中。这把神锤同样可以变小、变大，足以藏匿在胸口而不被敌人发现。然而，因为在熔炼的最后阶段洛基干扰了布洛克，而使火势减弱，致使这把神锤有了一个小小的缺陷，把柄略为短了一点，不过幸亏这并不影响它发挥威力。

经过长久的讨论，奥丁、索尔和弗雷一致认为，辛德里兄弟送给索尔的神锤是所有宝物中最为杰出的，这样有力的武器正好能为日日和巨人们进行战斗的亚萨神提供强大的力量。被尊称为力量之神的索尔有了这样一把神锤，恰如猛虎添翼，不仅能够更好地保卫天地，还能大大提高亚萨神族的声望。这把神锤以外的宝物，也都个个巧夺天工，难以分出高下。因此，综合评判来看，奥丁宣布洛基和辛德里兄弟的赌约，由辛德里和布洛克获胜，洛基应遵守诺言，向辛德里兄弟交付竞赌之物——项上人头。

对于这样的判决结果，洛基也做好了充足的心理准备。他一点也不吃惊，比起这三位轻而易举地就把自己大好头颅判给了侏儒的神族领袖，其他的亚萨神想找机会惩治他的心情要迫切得多了。机智善变的洛基面不改色地开始和布洛克商量，希望用金银财宝来赎回他的项上人头。他猜想，对于贪财的侏儒来说，财富或许比他这颗不值钱的脑袋要有用多了。但是，布洛克没忘记自己曾经被变成苍蝇的洛基咬得头破血流，他毫不犹豫地拒绝了洛基的建议，非要取下他的项上之头不可。三十六计走为上策，眼看无法逃脱的洛基，踏着他那双日行千里的神行鞋拔脚就跑。然而，早已收受了侏儒好处的索尔，口口声声地大喊着维持公道，大义凛然地把洛基抓了回来。

被抓回的洛基又心生一计，他声称自己这脑袋看来是保不住了，会遵守赌约让布洛克割去；但打赌的时候并没有说脖子也一并赌上，倘若真的要割他脑袋的话，在主持公道的大神面前，布洛克绝对不可把他的脖子割走一星半点。布洛克当然做不到只割走洛基的脑袋而不牵连到一星半点脖子上的皮肉。万般无奈之下,持刀的侏儒决定把洛基这张花言巧语的嘴巴割成碎片,以防他再胡说八道。糟糕的是,洛基脸皮太厚,他的嘴唇竟丝毫无法被刀割伤。布洛克叹息道,如果有兄弟辛德里的小尖钻在握就好了,便可以钻透这两片厚颜无耻的嘴唇。话音刚落,辛德里的尖钻即时出现,准确地扎在了洛基的嘴唇上。布洛克就用这天赐的尖钻扎洞,一针一线地把洛基的嘴唇牢牢地缝了起来。没想到,当履行了这个赌约,众人散尽时,洛基竟能用牙咬开缝着嘴唇的丝线,得意洋洋地离去,而他那嘴唇没过多久就恢复如初。

这次的恶作剧和竞赌,着实使洛基受了一些皮肉之苦,只可惜他并未从这次历程中汲取教训,依旧故我。幸运的是,这次经历却给亚萨园的众神们带来了许多无价之宝。这些宝物,在亚萨神日后的生活与战斗中发挥了巨大的作用。

小知识

泰尔(Tyr),战神,巨人希米儿之子。传说他是契约的担保人,盟誓的保护者。当其他的神与芬里斯怪狼开玩笑,把它捆绑起来的时候,泰尔作为信用的保证人将手臂伸进狼的嘴里。狼发现捆绑它的众神在设圈套,立即咬断泰尔的手臂。从此泰尔成了独臂神。但他身佩宝剑,总显得威风凛凛,古代按剑盟誓的习俗即起源于北欧人对战神泰尔的崇拜。许多传统的剑舞,都是为纪念战神而编导的。

第二章
王行天下

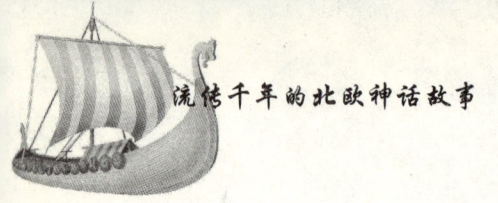

聪明反被聪明误

亚萨园中的力量之神索尔,与妻子西芙女神生有一个女儿斯露德。她不仅和母亲西芙一样拥有一头光彩夺目的金发,而且皮肤也像冰雪一样洁白晶莹,光华娇嫩,是亚萨园中最美丽的少女之一。索尔钟爱这个女儿,将其视为掌上明珠。

一日,索尔带着洛基在东边和巨人激烈作战。此时,亚萨园来了一个不速之客——侏儒国中号称"全智者"的侏儒。侏儒"全智者"带着打造的珍贵礼物拜见众神之主奥丁,他当着众亚萨神的面说:"尊敬亚萨神啊!请允许我来介绍一下自己,我在侏儒国中被冠以'全智者'的名号,不知各位是否敢与我赌上一赌?"亚萨神听到这等挑衅,当然不服气地大喊道:"就凭你,谁不敢啊!"侏儒"全智者"笑着说:"看来诸位亚萨神都是豪爽之神。既然打赌,必得有赌约与赌注。你们随便问我问题,倘若我答不上来,我带来的宝物与

我自己任凭亚萨神们处置。如果你们输了,愿意给我什么?"

众神压根不相信这么个小侏儒会赢,随口许诺道:"如果你赢了,我们就把索尔美丽的女儿斯露德嫁给你。"侏儒"全智者"素闻斯露德是巨人畏惧的力量之神索尔钟爱的女儿,而且也是亚萨园中最美丽的少女之一,不由暗喜:"一言为定!"侏儒"全智者"故意挑起亚萨园的众神与其竞赌的阴谋得逞了。出乎众神意料之外的是,这个"全智者"居然是侏儒国中最有学问和智慧的侏儒。他上察天文,下观地理,九个世界的来龙去脉无所不知,无所不晓,任何问题都没难倒他。自然,侏儒"全智者"在竞赌中赢了亚萨众神。

既然输了赌约,亚萨神不得不恪守当时随口许下的诺言,将索尔美丽的女儿斯露德下嫁给侏儒"全智者"。侏儒"全智者"要求即刻履行婚约,亚萨神庆幸此时索尔正好不在园中,否则他肯定不会把自己心爱的女儿嫁给侏儒。这个好时机正好方便众神自作主张擅自操办婚事。他们硬生生地阻挡了西芙女神,拉着斯露德梳妆打扮起来。可怜的斯露德无法反抗,只得任由众亚萨神摆布。得意洋洋的侏儒"全智者",以为自己马上能娶到亚萨园中有名的美丽少女斯露德为妻,高兴得手舞足蹈,还兴高采烈地为自己置办了一套新郎的衣冠,带着迎亲队伍吹吹打打、声势浩大地前来亚萨园。随后,他还在亚萨园大宴众神和宾客,将婚事办得热闹非凡,传扬在外。

就在婚宴接近尾声,侏儒"全智者"扯着新娘斯露德要入洞房的时候,力量之神索尔从远方的巨人国风尘仆仆地赶回来了。正是由于侏儒的铺张宣扬,使得远在巨人国被众神隐瞒消息的索尔听闻亚萨园的喜事将近,也匆匆赶回来凑热闹。索尔看见整个亚萨园张灯结彩,赶忙询问到底是哪位神祇结婚。

一看见是力量之神索尔回来了,众亚萨神不是纷纷避让就是吞吞吐吐,沉默不语,弄得索尔愈发好奇。没想到,这个不知死活的侏儒"全智者"听到索尔回来的消息,居然还在四处找寻索尔。最后,还是机灵的洛基跑去打听到了消息,唯恐天下不乱地立刻把事情一五一十地告诉了索尔。

一听说众神居然趁他不在的时候许诺把他的掌上明珠嫁给一个外形猥琐的侏儒,索尔顿时火冒三丈,立刻抢起神锤想要去一锤了结那不自量力的侏儒。但是，一旁的亚萨神拉住了索尔，劝说道："你如果在亚萨神众兄弟面前发作，抑或是当着众人一锤砸死侏儒，不但亚萨神会遭天下耻笑，你也会一辈子留下一个不尊重诺言的恶名。为这么个东西遭此恶名，还让众亚萨神心存芥蒂，实在是不值得啊！"

　　索尔想想的确不值，于是强压心头之火，派仆人将侏儒"全智者"叫到他的宫殿中说话。侏儒"全智者"一听说是岳父召见，兴冲冲地跑去宫殿，他可巴不得全世界都知道力量之神索尔是他的岳父。一见到岳父的身影，侏儒"全智者"就高声打招呼："岳父大人，小婿给你一拜！"没想到，等待他的是索尔怒气冲冲的一张脸。索尔非常粗暴地对侏儒"全智者"说："你这种生来就不配娶亲的白鼻子难看矮侏儒算是什么东西，居然敢来娶我索尔的女儿为妻！最好给我识相一点，赶紧打道回府，尚且能保全一条小命。"侏儒"全智者"一见来者不善，立刻收起笑容，不卑不亢地答道："我就是那种住在大地下面岩石洞中的侏儒，不过承蒙九个世界的生灵看得起，还都会尊称我一声'全智者'。娶你的女儿为妻又不是我提出来的要求，而是你们亚萨众神许诺的，人证多着呢！你总不会公然随便地撕毁承诺，也就是撕毁亚萨神的脸面吧？"

　　索尔听罢，明白这个侏儒绝对不是那种吓唬一下就能打发走的等闲之辈，立即决定转换策略逼其就范。索尔拼命压住心头之火，用稍微缓和一点的语气对侏儒"全智者"说："众神固然会恪守承诺，但他们与我的处境不一样。我索尔身为其父，他们未经我允许擅自做主，这也是不尊重我的体现。如果我不答应，你也休想把我的女儿娶走，想必其他亚萨神也不好阻拦，因为他们对我理亏在先，你觉得呢？"

　　双方对峙了几分钟后，侏儒"全智者"问道："父亲言之有理，请问您有什么要求呢？"索尔强忍听到"父亲"两字的不适，缓缓说道："既然你号称是'全智者'，就让我问你一点天地之间的大事吧！你若能回答出我所有问题，想必真是智慧超群之人，你一定能让她衣食无忧，那我保证会高高兴兴地把女儿嫁给你。"侏儒"全智者"自恃学富五车，才高八斗，善于口舌之辩，听到索尔的要求长长舒了口气，欣然同意了。

　　于是，索尔开始发问了。果然，所有的问题都是天地之间一些最根本的，也是最复杂的大事。索尔先从自然现象问起:"天地日月是怎样形成的?"侏儒"全智者"不慌不忙地回答道:"很久很久以前的洪荒时代,天地一片混沌,没有天空和大地,没有太阳和月亮,巨大的生灵伊米尔,在火焰国的热浪和冰雪国的寒气不断作用下诞生了。奥丁、威利和维三位神的祖先在杀掉了庞大的巨人伊米尔以后,开始计划创造一个舒适而美丽的世界。众神一起动手,把伊米尔的巨大身躯肢解开来。他们把伊米尔的肉体放在了金恩加鸿沟的正中间,将此作为大地。众神用他的骨骼造成丘陵和山脉,用他的血造成海洋和湖泊,用他的牙齿和零碎的颚骨造成岩崖和卵石,用他的头发和胡子造成树木和青草,形成了完整的大地。在大地造成以后,众神把伊米尔的脑壳上抛,形成了天空;把他的脑浆抛散到天空上面,形成云彩。为了不让天空从上方掉下来,众神派了四个侏儒分别到东、南、西、北四个角落,用他们的肩膀支撑住天空的四角。而日月是因为在巨人国里,有一个巨人生有一儿一女,分别叫做月亮和太阳。他们一个英俊,一个美丽,光彩夺目。骄傲的巨人经常向其他生灵称赞这对儿女如何如何出众,而引起了众神的注意。后来,众神就把这两个孩子从巨人国带走,交给他们两匹骏马和一辆大马车,让他们昼夜更替地在天空上巡行。从此,称为太阳的男孩发着金光,跟着白天;称为月亮的女孩发着银光,跟着夜晚,他们分别在天空上不断奔驰。"

就像这个问题一样,索尔继而问到了云雾、波浪、火焰、森林、山川、昼夜,偶尔也插入一两个关于啤酒的酿造方法之类的古怪问题。当然,这个丑陋的侏儒也不枉被称为"全智者",他如数家珍地将这些事物的来龙去脉耐心地一一解说给索尔听。

最让索尔略微佩服的是,这个不起眼的难看侏儒居然熟知这些事物在亚萨神族、华纳神族、精灵国和巨人国等各个世界中的不同名称。当然,这些简单而又复杂的问题都是那样纠缠深远,再加上索尔刻意地深入提问,侏儒"全智者"本身又想显现他的知识面广,花了很长时间来解答清楚每个问题,就这样,在索尔和侏儒"全智者"一问一答的漫长过程中,黑夜渐渐地消逝了。

第一缕黎明的光芒照射进索尔的宫殿中的时候,侏儒"全智者"正好回答完索尔的最后一个问题。"岳父大人,您还满意吗?"侏儒"全智者"问。话音未落,就听得一声惨叫。此时,用手理着红胡子的索尔,得意洋洋地大笑起来:"你的确是我所见过最能言善辩的侏儒了。你满腹学问,硕智广识,恐怕天地之间是无人能够难倒你了。可惜啊可惜,你错就错在要娶我索尔的女儿为妻!这许多问题只不过是引你钻入圈套罢了!天作孽犹可恕,自作孽不可活啊!"

这是怎么一回事呢?原来,黎明已经降临了,像所有居住在阴暗洞穴中照不得白日光明的侏儒一样,侏儒"全智者"可怜地变成了一块没有生命的石头,纵使满腹经纶也难逃这自然规律啊!讲得津津有味的他丝毫没注意到这黎明曙光的到来。索尔拾起"石头",随手就扔出了亚萨园。他拉出了在房间里哭得梨花带雨、瑟瑟发抖的斯露德,安抚说:"女儿别怕,我一定不会让你吃亏的!"就这样,索尔既没动干戈,也无需承担恶名地消灭了侏儒"全智者",保住了他心爱的美丽女儿斯露德。索尔警告亚萨神,倘若再趁他不在亚萨园内乱打他女儿斯露德的主意,他力量之神就不再帮助亚萨园抵御外敌、抗击巨人。亚萨神自然纷纷应声,他们可不想失去索尔这个保护神。为这次打赌闹剧,亚萨众神请索尔喝了好几次酒道歉,才平息了他的怒气。从今之后,索尔又驰骋沙场,和巨人激烈作战。

后来,亚萨园中流传这一首嘲讽侏儒"全智者"的歌:

不曾见过,你如此得善辩,语言中充满了智慧的财富;

可惜我只是以谈话哄骗你,黎明来临,你变成石头吧!

小知识

西芙,力量之神索尔的妻子,是土地和收获女神。她与索尔有两个孩子,儿子摩迪和女儿斯露德。摩迪是愤怒的人格化,斯露德则是女武神之一。除此之外,她另外还有一个孩子,冬神——乌勒尔。

特别值得称道的是,她有一头金色的长发,闪耀着比金子还要美丽的光泽。西芙女神为此感到非常自豪,经常坐在她的花园中梳理那一头金发,引起了洛基恶作剧的念头。洛基在西芙睡觉的时候,把她引以为傲的一头金发剪得一干二净。他的恶作剧使得西芙非常悲伤,从此世界上祸乱相寻。

假扮新娘夺神锤

亚萨神领袖之一索尔是众神之主奥丁与女巨人"大地"的儿子，他是亚萨园中最为威武有力的神。索尔因为标志性特征——一把浓密的红色胡子，也被称为"红胡子"神。索尔凭借那山一般魁梧的体形所蕴含的神力，成为了人类中农夫、自由人和平民的保护神。他负责保护人类的中间园，防御一切凶恶的巨人侵犯。

索尔靠两只力大无穷的山羊拖曳战车，进行战斗。山羊车奔驰的时候会发出惊天动地的声响，这轰隆隆的响声在人间就被称为天上的雷鸣。每当天上打响雷的时候，人类就明白一定是索尔又驾驭着山羊车去和凶恶的巨人作战了。

因此,索尔又被人类称为雷神。索尔必须时常与凶恶的巨人生死搏斗,身上总少不了披挂着各式各样的武器,其中最著名的就是侏儒辛德里打造的神锤。就连巨人国约顿海姆中最孤陋寡闻的巨人,也一定清楚地知道索尔那威力无穷的神锤。在战斗时,这把神锤从索尔有力的手中飞出,以迅雷不及掩耳之势一举击中目标,从来都准确无误。所有的巨人都对神锤闻风丧胆,因为它已经敲碎无数巨人的天灵盖了。索尔还系着一条力量之带,助他的神力成倍增加,而他的铁手套则令他在投掷铁锤时更加有力、精确。

索尔居住的宫殿和瓦尔哈尔宫一样有五百四十道门,在亚萨园中也算是相当宏大的。宫殿后面还有一座美丽无比的花园,到处鸟语花香。当然,鲜花配美女,这座花园是索尔为了漂亮的妻子西芙修建的,她坐在花园中时,一头举世无双的金发在鲜花丛中闪烁着无与伦比的光芒。

有一天,索尔在宏大的宫殿里睡醒时,意外地发现自己的神锤不见了。这样的贴身宝物倏忽之间消失了,着实匪夷所思。索尔拉着胡子,扯着红色的头发,气急败坏地四处寻找,却一无所获。他只得把机灵的朋友洛基叫来帮忙,一起去寻找神锤的下落。洛基自然不想放弃这样一个能够表现的大好机会,便一口答应帮索尔的忙。聪明的洛基凭直觉感到这次失踪的神锤得去巨人国找寻,他匆匆来到爱情女神芙蕾雅的宫殿中,求借宝物"鹰的羽衣"。芙蕾雅滔滔不绝地夸耀着用金银打造的"鹰的羽衣",却没有出借的意思,急得洛基大喊:"到底借不借啊?我还得去找索尔的神锤啊!"芙蕾雅赶忙询问出了什么事,一听说事关神锤,马上把它大方地借给了洛基。洛基穿上"鹰的羽衣",立刻像鸟儿一样飞腾起来,前往巨人国。

洛基飞到巨人国约顿海姆上空,看到巨人塞留姆坐在一个山冈上边哼着歌边为心爱的骏马修剪鬃毛。塞留姆感到头上掠过一片阴影,抬头正好看到神色慌张的洛基。塞留姆大声地喊道:"喂,众神和精灵们最近可好,你匆匆来到巨人国有何贵事?"洛基答道:"众神和精灵们都有大麻烦了,是不是你偷了神锤?"塞留姆得意洋洋地大方承认说:"你找对人了,就是我偷走了索尔的神锤。""小贼,还不快还来!""我已经将它藏到了地下八英里,你们纵使有天大本事也休想把它找回来。""你想干什么?""只要你们把爱情女神芙蕾雅打扮成待嫁的新娘送到我家,我自然将神锤归还,你就可以轻而易举地拿回锤子。"

事关重大,洛基无法自主决断,旋即穿起"鹰的羽衣"飞回亚萨园。在召集众神开会前,洛基急功近利地找到了爱情女神芙蕾雅:"芙蕾雅啊,我可是找到了索尔的神锤啊!""那可恭喜你啦!可以把羽衣还给我了吧?""可是对方不肯归还,他提了个要求。""什么要求啊?"见芙蕾雅上钩了,洛基赶忙说道:"他要的是你芙蕾雅啊!为了索尔的神锤,你就屈嫁巨人塞留姆吧!亚萨众神都会感激你的。"心高气傲的芙蕾雅自然不肯下嫁给可恶的巨人塞留姆,她毫不犹豫地责骂洛基,将他赶出宫殿。亚萨园众神围坐在宏大壮丽的会议厅里沉默不语。索尔失去了亚萨园中最重要的武器神锤密尔纳,可能再也无法有效地打击凶恶的巨人。那么,亚萨园的安全也将危在旦夕。

很长一段时间的沉默后,守护神希尔达姆突然想出一个大胆的主意:索尔可以冒充芙蕾雅打扮成新娘的模样,前往巨人国塞留姆之家,再伺机夺回神锤。索尔一听当即反对,他堂堂力量之神岂能装扮成一个羞答答的新娘?这遭人嗤笑的行为实在太过荒唐!然而,在座的其他亚萨神都觉得这个主意不错,死马当活马医,姑且还有一丝希望。众神一拥而上,不顾索尔的反对就帮他打扮起来。在众神的语言攻击下,索尔只得无奈地同意了。亚萨神将索尔的红胡子和腿毛都遮盖起来,为索尔戴上高高的华冠,遮上面纱,穿上了新娘的嫁衣,佩上珠光宝气的项链,胸口别上宝石的装饰,腰部挂上一大串象征善理家财的钥匙。众神还把洛基打扮成了一个侍女,跟随索尔前去巨人国约顿海姆,以便有个照应。

当巨人塞留姆得知芙蕾雅已经答应下嫁于他的消息后,不由高兴得手舞足蹈。塞留姆下令仆人好好准备起来,为这次婚礼大肆铺张一下,力求将婚事办得热闹非凡,传扬在外。宴会将至,塞留姆的宫殿里已然布置得焕然一新,所有的财宝都摆在最显眼的地方,精致昂贵的器皿里盛满了丰盛的美酒佳肴。塞留姆兴高采烈地为自己置办了一套新郎的衣冠,穿戴起来,让迎亲队伍吹吹打打、声势浩大地在宫殿面前等待新娘芙蕾雅。新娘和侍女到达现场后,狂欢的宴会立即开始了。

索尔不理会迎上前来祝贺的宾客,也不理会向他伸出手来的塞留姆。生怕一说话、一接触就露了馅,正巧肚子也有些饿了。他环顾四周,一声不响地走向宴会席位置,不理会任何人,坐上一个席位就埋头大吃起来。在众目睽睽之下,没一会儿,这位透着古怪的新娘已经独自解决掉了一整头牛、八条大鲑鱼和三大桶蜜酒。巨人塞留姆为此感到惊诧万分,美丽的爱情女神芙蕾雅的食量竟然如此惊人,实在是闻所未闻。瞧见塞留姆神色有异,洛基假扮的侍女立即上前解释道:"请新郎官谅解我可怜的主人吧!她渴望在幸福的婚礼拥有更动人的身姿,已八个日夜不曾吃过东西。"听侍女这样一说,巨人塞留姆顿时释然了,他满心喜悦地上前揭开新娘的面纱,想要去亲吻一下娇妻的小嘴。没想到捋起一半的面纱下,是新娘那一双透着威严和怒火的眼睛,把塞留姆吓得一跃而起。侍女马上又来开解说:"请谅解她吧!她为这幸福的婚礼激动得八个晚上不曾合上眼睛,期待爱情的人总是会眼冒火花的!"

被爱情冲昏头脑的巨人塞留姆,对侍女胡编乱造的谎言居然也有些相信了,他缓缓地点了点头,有些犹豫地坐在了新娘旁。洛基假扮的侍女小心翼翼地说道:"新郎啊,你不要迷茫也不要心急,请相信我的主人早已倾心于你,她为这婚礼激动得吃不下睡不着。你好生招待宾客,我先搀新娘回房,她急切地期待与你洞房喔!"这番话令塞留姆眉开眼笑,他连声应道:"好,好,好!"洛基扶着假新娘离开,临走的时候还握着假新娘的手故意掐了塞留姆的屁股一下。塞留姆这下欣喜若狂,他喊道:"夫人且慢,我有定情信物要送给你!"他下令仆人把索尔的神锤拿来,当做爱情信物送给芙蕾雅。没想到,当索尔的神锤一出现在众人视线中,这个吃饱喝足了的新娘就一个箭步冲上前抢了过来,瞬间变成了让巨人闻风丧胆的力量之神索尔。还没等巨人塞留姆回过神来,他的天灵盖就被神锤给击碎了。宾客们吓得纷纷作鸟兽散状,索尔也懒得与这帮乌合之众计较,得意洋洋地带着神锤与洛基闪了。就这样,索尔重新获得了他那威力无穷的神锤,又可以有效地打击凶恶的巨人了。

> **小知识**
>
> 　　索尔,是古北欧神话中负责掌管战争与农业的神,大多数人认为索尔的母亲是娇德,父亲是奥丁。他是丰饶之神,还主管一切人类所必须经历的仪式,如婚丧嫁娶等。索尔的职责是保护诸神国度的安全与在人间巡视农作,北欧人相传每当雷雨交加时,就是索尔乘坐马车出来巡视之时,因此称呼索尔为"雷神"。
>
> 　　索尔是著名的雷电之神,名字即"轰鸣者"的意思,是诸神中最具怪力的神,以巨大铁锤作战。索尔的勇敢善战在诸神与巨人间是非常有名的,他的力量相当巨大。"诸神之黄昏"中索尔和世界蛇尤蒙冈多同归于尽。

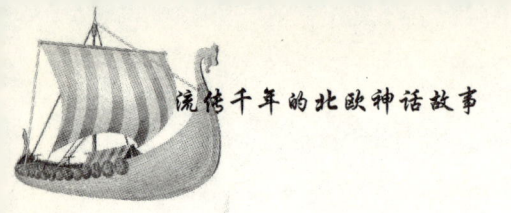

赤手空拳，不减神威

众所周知，亚萨园的力量之神索尔是巨人们的天敌，他凭借着自身神力以及神锤密尔纳、力量之带、铁手套等工具的帮助，在与巨人的长期战斗中，所向披靡，可谓攻无不克，战无不胜。巨人们十分惧怕索尔，总希望趁他赤手空拳的时候，一举加害于他。

但是，这些巨人们的如意算盘打错了，即使索尔赤手空拳，不假神锤密尔纳的威力，陷入一些险境中的时候，也总能以神力创造奇迹，一举击败巨人。

有一次，亚萨神中最不安分的洛基又想四处溜达一番。他跑到芙蕾雅的宫殿，借了她的宝物"鹰的羽衣"，披上后立即飞出亚萨园游玩。洛基在天空中忽高忽低，耍得好不快活。当飞到遥远的巨人国约特海姆的领域时，洛基瞧见底下有一座豪华的大宫殿。

屋顶好像是由宝石制成的，在太阳的照射下熠熠发亮，散发出炫丽的光芒。围墙是黄金白银砌成的，墙

第二章 王行天下

壁上嵌入了星星点点的钻,地面竟是用宝玉做的鹅卵石。见多识广的洛基从未曾发现巨人国居然有这样一处好地方,不禁好奇地飞到了宫殿那高大的窗户外面,偷偷向里面窥视。

这座宫殿的主人是巨人吉洛德,他还有两个擅长妖术的女儿。在巨人国约顿海姆,颇具实力的父女三人可谓是一方之霸,周遭无人敢招惹他们。

无意中,正在宫殿大厅对仆人训话的巨人吉洛德瞥见窗外有阴影,定睛一看,是一只硕大无比的鹰贼头贼脑地向里张望,便感觉事有蹊跷,这可不像一只普通的大鹰啊!哪个不知死活的家伙敢在太岁爷头上动土?恼火的吉洛德立即命令仆人们不惜一切代价,都要设法捕捉这头大鹰。

仆人们跑到窗户下面,却发现窗户太高,根本就够不到鹰。为了能够顺利抓住鹰,吉洛德的仆人们搭着梯子和人墙,非常费力地向高高的窗户攀爬。这些可怜的仆从们在墙上爬得气喘吁吁、摇摇欲坠,逗得洛基哈哈大笑。玩心重的他有意不急着飞走,停在那里观赏仆人们张牙舞爪的狼狈模样。

直到仆人们爬得越来越近,再无退路的紧要关头,洛基才得意洋洋地振翅欲飞。哪知道为时已晚,近在咫尺的仆人们突然地伸手抓住了鹰的羽衣。这下,洛基怎样挣扎也无法逃脱了。仆人们将捉获了的洛基扭送到巨人吉洛德面前,吉洛德恶狠狠地问道:"你究竟是谁?来此有何目的?"狡猾的洛基企图用拿手好戏蒙混过关——他装作一头无辜的鹰的样子,视而不见,充耳不闻。遗憾的是,巨人吉洛德早就看穿了洛基的把戏,甚至懒得跟他多说废话,直接命令仆人们把他锁进箱子,扔入漆黑冰冷的地窖。

直到三个月后,蓬头垢面的洛基才被仆人们从箱子里拖出来,带到了巨人吉洛德面前。这下,被饥饿与黑暗折磨了整整三个月的洛基,还没等问话,便一五一十地把自己的来历和盘托出:"我是亚萨神洛基,穿着'鹰的羽衣'从亚萨园跑出来玩,求求你放了我,饶我一命。"

巨人吉洛德笑了笑:"要想逃命也可以,不过你得起誓。""你想要我起什么誓?""我不管你用什么方法,都得让索尔赤手空拳地到巨人国约顿海姆来一趟,方便我的巨人同胞们攻击既没有神锤也没有力量之带和铁手套的索尔。"洛基为了保住自身性命,赶紧承诺一定帮助吉洛德办成此事。

逃回亚萨园后,亚萨神们都对失踪三个月的洛基好奇询问。洛基假装什么事情也没有发生过,对众神胡编乱造了一个奇遇故事,描绘了自己潇洒快活的生活。数日之后,索尔像往常一样邀请好友洛基一同前往东方与巨人作战。

洛基觉得履行诺言的时机成熟了,欣然同意一起前往。索尔与洛基相约一大清早碰面,以便早去早回。没想到,晨光微露时就站在亚萨园门口的索尔,等候了半天,也不见洛基出现。索尔气冲冲地跑到洛基家,发现他居然还在呼呼大睡。索尔一声怒吼,一把扯起洛基摔向了地上。假装还在熟睡的洛基赶紧装作惊醒的样子,一边和索尔抱怨昨晚喝多了,一边整理起衣装。

一路上,洛基故意拖拖拉拉,时不时拉着索尔看花草树木,处理路途上旁人的闲杂事务。结果,到了巨人国约顿海姆的时候已是黑幕降临。洛基借口夜已深,让索尔休息一夜,养足精神,明早再与巨人作战。索尔看天色确实不早,困意阵阵袭来,便同意了洛基的建议,躺下睡起觉来。洛基躺在索尔身旁假装睡觉,实际上却在全神贯注地听着索尔的鼾声是否响起。好不容易等到索尔睡熟了,洛基立即起身偷走了索尔的神锤、力量之带、铁手套,飞快地逃之夭夭。他跑到巨人吉洛德的宫殿中,向他报告自己已顺利完成任务。

第二天一早,睡醒的索尔惊讶地发现自己的武器和同伴洛基不翼而飞了,便立刻明白自己定是受到了洛基的欺骗。赤手空拳的索尔思忖了好一会儿,还是觉得心里不妥,只得无可奈何地先来到了他的女豪杰情人——巨人格莉德家中。格莉德对索尔的突然降临惊讶万分,但身为巨人一员,她自然知道索尔发生了什么事,因为吉洛德早已昭告天下,力量之神索尔此刻正手无寸铁地待在巨人国。索尔心情糟糕地说:"什么都别说了,暂求一宿,与你共度良宵。"

深夜,两人小别胜似新婚。温情之余,索尔温柔地问格莉德:"亲爱的,你能告诉我,究竟是谁干了这件事吗?"沉醉在爱河中的格莉德早已晕头转向,她不假思索地回答道:"是巨人吉洛德要与你为敌。你的神锤、力量之带、铁手套就是吉洛德教唆洛基偷取的。"

索尔气愤地说:"他以为我没了那些武器就伤不了他吗?""我知道当然不

第二章 王行天下

是。不过吉洛德是地方一霸,他诡计多端,还有两个善于妖术的女儿,你还是小心谨慎为妙。"格莉德劝慰道,"我把我的力量之带和铁手套借给你,以帮助你抵御强大的敌人吉洛德。"

就这样,索尔告别情人,义无反顾地前往巨人吉洛德的宫殿,满心想着要给这个阴险的巨人一点教训尝尝。走了没多久,索尔前面就出现了一条宽阔的大河,河水波涛汹涌,像拦路虎一般横亘阻拦着。索尔系上格莉德的力量之带,将行李捆成一团扛在肩头,慨然无畏地涉水过河。当跋涉到大河正中央的时候,河水突然暴涨起来,凶恶地淹过了索尔的肩头,并以疯狂的速度继续增高,就快要淹没索尔整个人。

索尔努力伸长脖子,无意中发现一个女巨人正分腿站在河的两岸,正是她用妖术煽动着河水不断上涨,企图把赤手空拳的索尔活活淹死在河中。明白了何来如此大的水流的索尔愤然潜入河中,摸上来一块巨石,用力向女巨人掷去。女巨人被石头打了一个跟跄,吓得仓皇逃跑,索尔立刻趁机跋涉到了对岸,踏上了坚实的土地。

转眼间,索尔就踏进了巨人吉洛德的宫殿。吉洛德假惺惺地迎了上来,热情接待了索尔:"哟,不知贵客远道而来降临寒舍,有失远迎啊,欢迎欢迎!"他吩咐仆人:"快准备上好的宴席,将地窖里珍藏的酒也拿上来。将客人先带到客房中稍事休息,待会儿用餐。"

索尔跟随仆人走进客房。只见这个客房异常奇怪,房间的装潢极其豪华,却空荡荡的什么家具也没有,只在中间摆了一把华丽的椅子。管他有没有诈,筋疲力尽的索尔不假思索地坐在了椅子上。一坐下,这把椅子突然以飞快的速度升了起来,带着索尔就向高高的屋顶撞去,企图将索尔直接撞死送入天堂。反应过来的索尔,马上发动全身神力向下压去。幸亏索尔天生神力,再加上系着格莉德的力量之带,椅子被压回到了地面。在椅子落地之时,下面伴随着碎裂声和两声凄厉的惨叫。原来,正是巨人吉洛德的两个女儿躲在椅子下面装神弄鬼,突然用法术提升椅子,结果却被索尔双双压断了脊梁骨。

愤怒的力量之神索尔旋即冲出客房,大步来到了大厅中。巨人吉洛德正在用熊熊烈焰锻炼一种对付索尔的利器,以备不时之需。没想到,这还没炼好,就看见索尔突然跑出客房,冲进了大厅,气势汹汹地向他逼来。吉洛德知道谋害索尔的计划败露了,赶忙从烈焰中捡起炼得又红又烫的利器向索尔掷去。

索尔迅速戴上格莉德的铁手套,一把牢牢地接过了锻件。吉洛德见没成功掷死索尔,吓得魂不附体,连忙闪身躲在一块厚厚的铁板后面。索尔将刚才接住的利器举过肩头,瞄向吉洛德,扬起手臂用力将利器向铁板掷回去。力量之神索尔的这一掷,果真无穷神威。

这块利器瞬间击穿了厚铁板,击穿了巨人的胸膛,击穿了宫殿大墙,远远地落在了城堡外面的山坡上。吉洛德的尸体被高温利器直接碳化变成了一块巨石,如同一座无字丰碑,歌颂着索尔的神勇。

在没有神锤密尔纳、力量之带、铁手套的情况下,赤手空拳的索尔依然轻松地击杀了强壮有力、阴险狡诈的巨人吉洛德,压断了吉洛德两个女儿的脊梁骨,真不愧为宣誓保护亚萨园的亚萨神。

现在,依旧一团怒气的索尔正转身往亚萨园走去,他的步伐坚定而有力。可以相信,此时在亚萨园不知何处玩耍的洛基,少不了又要为此吃些苦头了。

小知识

洛基,北欧神话的邪神。母亲属于巨人族,正由于母亲是奥丁的养母,所以和奥丁结为兄弟,是北欧神话中最会惹麻烦的一位神。他是北欧神话中的火神,讨厌水,身上有巨人的血统。他聪明而又狡诈,与主神奥丁结义为兄弟而成为了阿斯神族的一员。他经常运用他聪明的头脑为诸神带来许多好处,但随着洛基心态逐渐变得玩世不恭和阴暗,他的行事也从恶作剧发展为公开地作恶,开始教唆其他的神做一些不计后果的事情。在"诸神的黄昏"中,正是洛基的儿子杀死了奥丁。而且,洛基还唆使奥丁之子黑暗盲神害死其兄光明之神。他精魔术,神通广大,能在一瞬间把自己变成无数的怪物。他后因犯罪,被用铁链捆住。在一役中,洛基与海姆达尔同归于尽。

"耻辱"的东方之行

众所周知,力量之神索尔是巨人们的天敌,他经常到东边的巨人国中去。有一次,索尔与以狡诈著称的洛基一同乘坐两匹山羊拖曳的战车前往巨人国。经过一天的奔驰,傍晚时分,两位亚萨神投宿在了沿途的农夫之家。见到大神驾到,农夫夫妇虽然想竭力招待,但实在拿不出什么像样的食物来。了解到农夫的难处后,索尔杀死了拉车的两只山羊,然后小心翼翼地将羊皮完整地剥下来,剩下的羊肉全交给了农夫之妻让其烹煮。

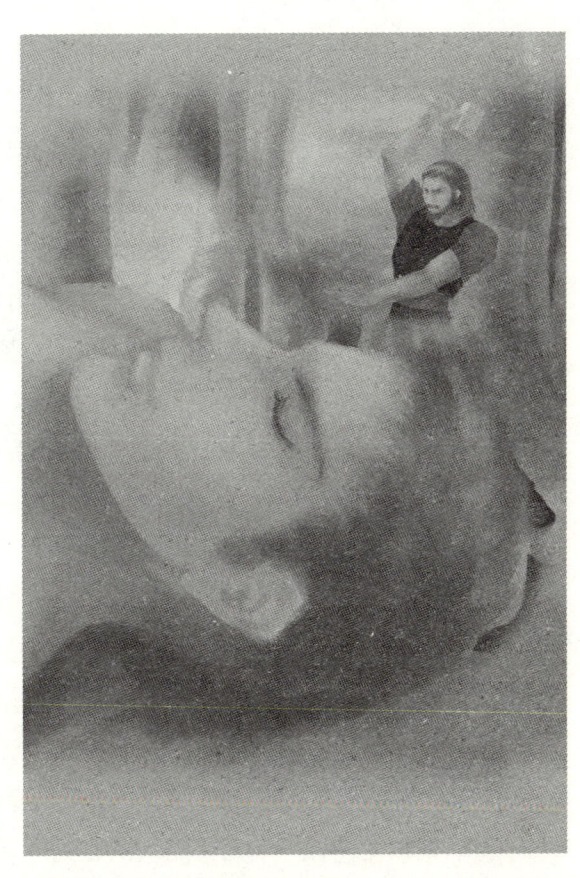

晚餐做好了,索尔请农夫一家与他们一起享用这美味的羊肉。但是,索尔要求农夫一家在吃羊肉的时候不可以弄碎里面的骨头,而要把骨头完整地放在剥下来的羊皮上。亚萨神们、农夫夫妻以及一儿一女很快就把美味的羊肉吃得干干净净。然而,农夫的儿子塞亚夫因为贪吃,瞒着大家偷偷用小刀剖开羊肉中一根腿骨,吸掉了里面的骨髓。

第二天清晨,索尔早早起床,拿出神锤指着包裹住骨头的羊皮,念动卢尼文字的咒语。山羊皮摇晃几下之后,两只山羊竟缓慢地出现在了大家面前。但是,索尔马上发现其中一只山羊的一条后腿瘸了,立即气得大发雷霆。索尔责骂农夫一家不听嘱咐,弄碎了羊的骨头,害得天下闻名的力量之神的拉车之羊瘸了一条腿,该当何罪!

　　农夫夫妇吓得魂不附体,一个劲地哀求索尔平息怒火,愿意以所有的一切来补偿损失。看到农夫胆战心惊的可怜模样,身为农夫保护神的索尔慢慢平息了怒气,决定不再追究这件事情。索尔把已没有多少用处的跛腿山羊连车一起留在了农夫家中,将农夫的儿子塞亚夫和女儿萝丝克娃收为了仆人。就这样,一行四人离开了农夫家,步行前往东方的巨人国。

　　走了没多久,四人进入了一片巨大广袤的森林。整整一天,他们一直艰难地行进在这片茂密的森林之中。从小就在山林中奔跑成长的塞亚夫是人类中脚力最健的人,他背着索尔巨大的旅行包裹首当其冲做开路人。天色慢慢黑下来,他们看到前方有一座很大的房屋正好可供夜宿之用。四人打开房门,屋子里面十分宽敞空荡,在尽头甚至还有另外一间小屋相连。于是,四人打开行装,安睡下来。

　　半夜时分,窗外突然响起了地震般的巨大声音,撼动着整个森林。索尔一干人等住宿的屋子也被震得摇晃不止。索尔连忙率领被惊醒的大家撤退躲入与大屋子相连的小房间里,自己则手持神锤密尔纳紧张地守卫在小房间的门口,时刻准备着与出现的敌人一决生死。这种可怕的巨大声响持续了整整一夜,众人也为此担惊受怕了一宿。

　　黎明来临,索尔持锤走出了屋子,寻找昨晚恐怖声响的来源。在不远处的树林里,索尔发现有一个无比庞大的巨人躺在那里酣睡,他的躯体横亘在树林之中。让索尔愤怒的是,让众人心惊肉跳的巨响,居然不过是这个庞然大物发出来的打鼾声而已。索尔为昨晚一夜未眠与恐慌而羞愤,大骂道:"该死的东西!"他举锤向巨人走去,准备了结这该死的东西的性命。

　　就在这时,巨人忽然醒了过来,一个咕噜爬了起来,像山峰一样巨大。他望着走来的索尔,也不管索尔意欲何为,大咧咧地攀谈起来:"我是巨人斯库留姆,想必这位是亚萨园的索尔吧?久仰久仰,幸会幸会!"

说完,巨人忽露出惊讶之状:"你们把我的手套拿去干什么了?"他顺手一拉,将自己的手套拖到身边。索尔和洛基见此情景,不由惊得目瞪口呆。原来,索尔一行昨夜留宿一夜的屋子,竟是巨人的一只手套,而和大屋子相连的小房子,居然是手套上的大拇指。巨人斯库留姆一点也没留意到索尔和洛基的表情,提议与他们一同前往巨人国。为了试探这个巨人的来历底细,想着或许这个巨人真的可以帮上他们什么忙,索尔很爽快地同意他加入这个队伍之中。

吃完早餐后,五个人结伴继续向东前行。这一回,巨人将所有的行李袋扛在肩上,迈开大步走在最前面开路。不过,这可累坏了索尔一干人等,他们必须一路小跑才能跟得上巨人的步伐。夜幕降临,五个人选了一棵大橡树,准备在底下宿营。斯库留姆对索尔说:"我要先在这橡树底下睡上一觉,你们自己准备晚餐吧!"

说完,他就一头倒在橡树下,没多久,如雷的鼾声便响起来。索尔不再理会巨人,解开行李和粮袋,开始准备晚餐。不料,巨人早将盛粮食的口袋与其他行李捆在了一起。

索尔费尽全力,千方百计都没能成功解开捆着的绳结。洛基和两个仆人也跑过来帮忙。奇怪的是,众人越想解开绳结,绳结越紧,一点也不见有松动的迹象。自然而然,索尔火冒三丈地操起神锤密尔纳,走到巨人斯库留姆身边,朝他头上猛击一锤。

巨人的鼾声戛然而止,张开眼睛对索尔说:"嗨,索尔!是不是有一片树叶掉落到我头上了?你们吃过晚饭没?"索尔非常吃惊这一击居然只是树叶拂落之感,连忙支支吾吾地说:"吃了,吃了。我们正要去睡了。"说罢,索尔只能悻悻然地和其他三人一起到另一棵橡树下躺下休息了。

夜深了,索尔依旧辗转反侧,难以入眠。白天,为了跟上巨人,在他后面跑了一天,累得要死;刚才,饿得饥肠辘辘却吃不上晚餐;现在,不远处巨人的鼾声又响彻动地,让人无法安眠……我力量之神索尔何至于沦落到今日这般田地。他愤怒地走到酣睡的巨人面前,第二次用神锤猛击巨人的脑袋。

这一锤,索尔用了整整十成的力量,足以开山劈石。然而,这个庞然大物睁开眼睛说:"啊,是有一个橡树果掉到了我的头上吗?咦,索尔,你不睡觉在这里干什么呢?"索尔尴尬地回答:"我……我就睡不着随便走走,看看夜景。夜还未尽,继续睡吧!"

说完,索尔转身又回到了栖身的橡树下。索尔内心的愤怒无可复加,他击向巨人的两锤足有千钧之力。在这样的雷霆之击中,九个世界中的所有生灵无一例外都会一举毙命。今日,这个庞然大物被击中两锤却毫发无伤,这简直就是奇耻大辱。愤愤的索尔怎还睡得着?他静静等待着巨人再度入睡。

黎明前夕,巨人又酣然入睡了,树林里再一次响起了雷鸣般的鼾声。索尔轻轻地走到巨人身边,双手紧紧握住神锤的手柄,用尽所有的神力向巨人的太阳穴砸去。这一次,整个锤子连同半截手柄都深深地陷入了巨人的太阳穴中。

巨人又醒了过来,自言自语道:"啊,一定是小鸟将树枝踢到我头上来了。"他揉揉太阳穴,转头看到了满脸通红的索尔:"索尔,你怎么还没睡?"索尔羞愤地恨不得钻到地底下去,根本无言以对。巨人倒也不计较,倒头继续睡觉。

天亮了,睡醒了的众人纷纷起身,当然除了索尔。大家将行李收拾好,继续向东前行。巨人斯库留姆告诉索尔:"前面不远处就有一个巨人的国家,称为尤特园。"他指着自己庞大的身躯对索尔一干人等说:"我这个样子已经很庞大了,但是尤特园里比我强壮有力的巨人比比皆是。你们还是识相一点,早点打道回府比较好;倘若非要去的话,注意千万谨慎,不要让油头滑脑的洛基贸然行事。"吓唬了索尔等人一番,巨人声称要北上办事,不再与索尔等同行了,随即扛起行李,迈开大步一路向北而去,瞬间就没了踪影。

虽然被这个巨人斯库留姆伤了士气,索尔一行人却不肯就此服输,他们继续向东行进。中午时分,他们终于到达了一座巨大的城,即斯库留姆所称的尤特园。高大而宏伟的城堡使索尔等人感觉到自己相当渺小。大家都有些心慌,但谁也不肯先行退出,因为这实在太丢脸了。索尔用尽全力也无法推开紧闭的城堡大门,只好带领众人从门缝下钻进去。城堡里面是一个巨大的宫殿,有许多体形异常庞大的巨人坐在宫殿内两排长的凳子上。

就在索尔一众刚刚踏入大殿之时,尤特园的国王就从殿堂正中出现了。

"阁下风尘仆仆地远道而来,莫不是亚萨神中大名鼎鼎的索尔吧?久仰久仰。不过阁下的身形看起来弱不禁风了一点,想必您的威力会比个子要大很多吧?"巨人国王龇着牙齿,傲慢无比地对索尔说,"相信你们也听说了,在尤特园的人都要有一些奇能异巧才行,不知诸位有何才能?"

饥肠辘辘的洛基马上接口说:"区区在下倒是有一点异能,如果陛下能拿些大肉出来的话,我可以证明我的进食速度比这里任何一个巨人都要快。"

国王一听,马上派出长凳上坐着的巨人洛格与洛基比赛。数个巨人抬来了一个装满了熟肉的大食槽,国王让洛基和洛格分别从食槽的两头开始吃起,比谁吃得快。号令一起,两人拼命地吃起来。结果,亚萨园的洛基勉勉强强地将半槽肉咽下去时,另一边的巨人洛格却早已吃完,连肉上的骨头也吞得干干净净,一点渣也没剩。显然,洛基输掉了这轮比赛。

索尔新收的仆人塞亚费以飞速奔跑见长,他提出要与巨人赛跑。尤特园的国王欣然同意,传唤来了巨人国中一个名叫休格的年轻人与塞亚费竞赛。塞亚费和休格的跑步比赛在殿堂外面的一块平地上开始了。

第一轮竞赛中,当塞亚费以最快速度跑到终点时,休格正好到达终点转回身来迎接他。第二轮竞赛中,当塞亚费离开终点还有很长一段距离的时候,休格就已经跑到终点了。最后一轮的竞赛中,塞亚费输得更惨,休格已经到达目标时,他还没有到路程的一半。巨人国王洋洋得意地说:"年轻人,你这算是个赛跑好手啊?要胜过别人,还要加油啊!"

在洛基和塞亚费分别败过一场后,尤特园国王请力量之神索尔出场应战,以证明传颂的那些关于索尔的丰功伟绩并无虚妄之处,而是真实存在的。面对尤特园国王的冷嘲热讽,不服输的索尔提出了要与巨人比赛喝酒。

尤特园国王一听,马上让侍从取来了一只细长的角杯,对索尔说:"这里是一小角杯蜜酒。在尤特园中,一口喝光杯中之酒的巨人绝无仅有;但两口喝完的巨人,这里倒是有几个;但是,所有尤特园的人都能三口把它喝完。阁下是否愿意一试?"正好渴得要命的索尔,看了看这装饰华丽的角杯,虽然长了一点,却也没有很大,自信可以一口饮尽。

于是,索尔接过酒杯,仰头便大口地喝了起来。出乎意料的是,一口过后,里面的蜜酒竟丝毫未减。尤特园国王揶揄索尔道:"虽然阁下喝得非常卖力,这角杯中的蜜酒却分毫不少。闻名遐迩的索尔大神一口居然只能喝这么点酒,若不是我亲眼所见,简直令人难以置信。阁下快来试试这两口能否喝完了。"

一言不发的索尔拿起角杯再度喝了起来,这一次,他喝得又深又长,速度也快了一倍,当喝到无法呼吸的时候才停了下来。索尔拿开杯子一看,遗憾的是,酒还是未减多少。

尤特园国王做作地高喊起来:"阁下大概是身体不适吧？难不成你是冒牌索尔？罢了罢了,亚萨园的大豪杰在此地看来也是个小人物了。阁下这个样子恐怕三口也喝不完这杯中之酒了。"索尔长吸了一口气,异常愤怒地第三次举杯喝了起来。他用尽全身力气,如长鲸吸水般地狂饮着杯中之酒,很长时间以后才缓缓停了下来。这一次,杯中的蜜酒果然减少了一些,但离喝完还远远不够。

"看来阁下并不像外面传说的那样强大啊!"尤特园国王说道,"这场比赛阁下显然是惨败了,不知您是否还想试试其他的项目?"

索尔要求继续下一项竞赛,一雪前耻。尤特园国王似笑非笑地说:"既然阁下这样瘦弱无力,我们还是试些简单的内容。我这里有一头灰猫,尤特园的年轻人无所事事的时候,就会比赛看谁能把它举得最高,阁下也不妨试试。我对您要求不高,只要把它举得四足离地,您就算赢了。"

索尔点头应允。不一会儿,大殿里就跑进来一头灰色的大猫,很听话地站在众人中间。索尔走上前去,双手托住灰猫的腹部中央,铆足了劲将它往上举。哪想到这猫四足紧紧抓住地面,腰部随着索尔用力的方向向上耸起,居然能够越耸越高。

难以置信一头猫竟能把背拱得如此之高,索尔拼尽全力最后也不过让灰猫一足离地而已。尤特园国王阴阳怪气地说:"果然不出我之所料,阁下连一

第二章 王行天下

头猫都难以举起。和在座的各位巨人相比,阁下的确是太弱、太渺小了。"

索尔大声吼叫起来:"这太让我愤怒了!你去叫个力大的人出来,让我和他角力吧!"

尤特园国王故意用双目巡视了一遍坐在长凳上的巨人:"看来这里的任何一位都不屑和阁下这种人角力。这样吧!去把我的老奶妈艾莉叫来和这位亚萨神摔上一跤。有些时候,她还是摔倒过强壮的汉子的,想想大概和阁下还是旗鼓相当的。"

不多久,大殿里走进来一位干瘪的老妇人,完全是一副风烛残年的样子。索尔也没抱怨,直接上前和这个唤作艾莉的老妇角力起来了。

比赛的结果,却依旧事与愿违。当索尔用力抓住艾莉的时候,她竟能纹丝不动地站在地上;而当老妇人艾莉向索尔推来时,他却无法站稳脚步。双方一起用力时,索尔竟被力量逼得跪下了一条腿。

尤特园国王越众而出,宣布比赛全部结束。天色已晚,尤特园国王前倨而后恭,大开宴席招待索尔一干人等,而后又留他们在城堡里歇夜。

次日清晨,索尔等人早早起身,准备悄悄离开这个大丢面子的地方,却被早已等候在大殿的尤特园国王拦截住了,他吩咐手下准备了一顿非常丰盛的早餐,请索尔等人享用。早餐完毕,尤特园国王亲自将索尔一众送出了尤特园。索尔等人因为输得一败涂地而显得灰心丧气,出城堡的路上均一言不发。

尤特园国王将索尔一行送出很远的距离后,忽然开口说道:"阁下是否还在介意昨天的比赛?"索尔等人面面相觑,默不作声。"其实大可不必这般垂头丧气。阁下几位既然已经离开了尤特园城堡,我不妨将所有的真相告诉你们吧!我们早就知道了你们要来巨人国的消息,在森林里那体形庞大的巨人斯库留姆就是我化身的。我不断地给你们施下马威,就是想让你们快点回去,打消去巨人国的念头。我故意用法术将铜线拴住了食品袋口,使索尔您根本找不到线头而解开口袋。这样成功激怒您朝我击了三锤,但这三锤其实都没有真正地打在我头上。我暗中用法术让您击向了森林中的山头。你们回程的时候,一定会发现那座山上出现了三个四角形的山谷,那就是索尔猛击三锤后的结果。显然,如果我真的被您打中的话,那么早在第一锤就变成肉泥了。"

索尔等人惊讶得半响说不出话来:"那在城堡中的比赛呢?"尤特园国王笑笑说道:"巨人害怕您的巨大威力,我便设计用幻象来迷惑你们,使得你们无法看轻巨人们。事实上,你们在城堡中比赛时也根本没有和巨人们对垒。首先,那个和洛基比赛吃肉的巨人洛格,是由一堆野火变幻出来的,野火当然能够在最短的时间内把肉连同骨头一起吞噬掉。

其次,那个和塞亚费赛跑的巨人休格,是由我的思想所变幻而成的,思想当然总会比人要跑得快一些。其实,当索尔您端起那个盛蜜酒的小角杯豪饮的时候,我已经万分惊讶。那个看起来不大的角杯里面哪是酒啊?它暗中连着整个海洋,您的豪饮居然能让海水减少了很多,这实在是一件不可思议的事情。如果你们到海边去观察一下,便会发现海水有明显的变化。

正因为您一下子喝掉了太多的海水,导致了潮汐现象。而那只看起来相当温驯的灰猫,其实是缠绕人类中间园的怪物魔蛇。这条大魔蛇是首尾相连的,当索尔您竟将魔蛇一足举离地面时,实质上把整个人类的大地都掀动起来了,在场的所有巨人都心惊胆战啊!最后,和索尔您比试的老妇艾莉代表着老年,代表着所有生灵的必然趋势,所有生灵都必定会在自己的老年面前屈服。而索尔您居然能够与她抵抗如此之久,仅仅单腿下跪完全已是一件超越自然的事情。"

说完这一切,尤特园国王和索尔等人挥手作别:"我们行将分别,我也奉劝阁下一句,虽然您已经知道了我们的真实底细,但还是不要再来此地另有所图为好。否则,我还会用同样的法术和幻象来保护巨人家园的。"

索尔感到自己被彻底地欺骗和愚弄了,他那压抑许久的火气瞬间爆发了出来,悲愤地高举神锤,准备立刻结束这个巨人国王的性命。

还没等神锤打到尤特园国王的头上,巨人就已经消失得无影无踪了。与巨人一同消失的,还有那座高大宏伟的尤特园城堡,甚至城堡外的大片绿草地也全部消失了。所谓的尤特园,原来也不过是巨人用法术布置出来的幻象而已。

后来,洛基对索尔说:"在众神面前,如果我是你,将不会提起那东方之行,在手套的大拇指里,你胆怯了,索尔,你忘了自己还是一位神祇。"

小知识

奥尔布达(古尔维格),是谷物女神吉尔德之母,巨人吉米尔之妻。女巨人,火神洛基的情人。与洛基生下恶狼芬里尔,米德加尔德巨蟒——格拉弗维尼尔,即文章中所谓的缠绕人类中间园的怪物魔蛇。奥尔布达为情人洛基做奸细,阿西尔部落想要处死她,引发了两个部落间的战争。

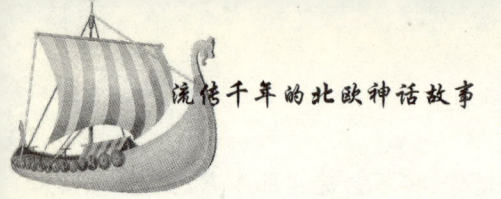

这来之不易的美酒

巨人安吉尔是大海的主人,因为膝下有九个美丽的女儿而为众人知晓。安吉尔曾经走访过亚萨园,受到了众亚萨神的热情招待,相处过后彼此感觉都还蛮不错,便与亚萨神们结交成为朋友。每年冬天,安吉尔都会给所有的亚萨神派发请柬,邀请他们到家中参加他举办的盛大宴会。众亚萨神非常享受这样的宴会,因为他们可以一边享用丰盛的美味佳肴,一边高谈阔论着人情世故。

当然,这其中也有不美好的小插曲。在一次宴会上,亚萨神中最有力量的索尔因为刚在巨人国的一场战斗中遭到巨人暗算,落了个惨败而心情很差。他匆匆赶来赴约,一落座就猛喝闷酒,没一会儿就有些醉了。安吉尔跑过来劝酒,却无缘无故遭到素来对巨人没有好感的索尔的恶言相向,责骂他是个只配给亚萨神们端酒送水的渺小人物,哪里称得上是大海的主人。这让在众人面前颜面尽失的安吉尔感到极度不快:真是狗咬吕洞宾,不识好人心。他决定为难一下索尔,以解心头之气。安吉尔故意趁着宾客喝得醺然沉醉的时候,重重叹了口气,沮丧地对众亚萨神宣称:"我之前的锅居然莫名其妙地破了一个洞,如果再找不到一个足够大的巨锅,以后我就无法再给尊敬的众神们酿造啤酒了,我也深表遗憾啊!"一听到此话,好饮的众神顿时哗然,相互之间叽叽喳喳地探讨起这个严重的问题。洛基首当其冲地问:"哪儿才有足够大的巨锅呢?"战神泰尔清了清嗓子:"据我所知,九个世界中只有巨人休弥尔才会有这样巨大的酿造锅。"究竟谁能担此重任,去巨人国将这样一口巨锅搬运回来呢?众亚萨神议论纷纷。安吉尔发话了:"这还用说吗?当然是纵横巨人国的力量之神索尔了。他长年在那儿作战,对巨人的脾性和巨人国的地形都了若指掌,这份差事非他莫属啊!"众神一致觉得安吉尔言之有理,赶紧催促力量之神索尔为安吉尔到巨人国把这样的巨锅搬运回来。于是,索尔只好驾驭着他的山羊车找锅去了。临走前,战神泰尔嘱咐索尔,住在人类中间园以东的休弥尔是个暴烈蛮横的恶魔,要让他给巨锅,恐怕是难上加难,行事一定要谨慎,否则会有性命之忧。

索尔翻越过千山万水,好不容易才来到了人类中间园的东边尽头。听闻休弥尔的恶劣脾性,索尔把自己装扮成一个和善的年轻人模样,找寻到巨人休弥尔居住的地方。开门的是休弥尔的母亲,她的样子非常可怕,脖子上长了整整九百个头,每一张脸都布满皱纹,奇丑无比。休弥尔的母亲如同传闻中的休弥尔一样,对于登门造访的陌生人态度十分恶劣。为了顺利拿到锅,索尔只好忍气吞声。不过,好在休弥尔的妻子是一位温柔贤惠的妇人,她礼貌地端来了上好的啤酒招待索尔。

突然,房子外面传来了巨大的脚步声,看来是巨人休弥尔回来了。休弥尔的妻子赶紧对索尔说:"我丈夫是个脾气暴烈、非常不好客的人。你最好先躲起来,不然他一怒之下可能会把你扔出去的。"听罢此话,索尔连忙四处找寻藏身之处。看到房梁上挂着的巨锅尚能容纳自己,索尔就立刻钻了进去,躲藏起来。但是,这点小伎俩怎么可能瞒得过休弥尔。他一走进屋子就发现家中有异样,房间里的空气中弥漫着一股生人的味道,而向来诚实善良的妻子神色慌张。休弥尔用锐利的目光扫视了一圈,看到房梁上的木头竟纷纷断裂,巨锅也摇摇欲坠。休弥尔走过去狠狠拍打了一下巨锅。"啪"的一声,巨锅发出了惊天地泣鬼神的声响。震得眼花耳聋的索尔只能从巨锅中硬着头皮爬了出来,和休弥尔寒暄了一番:"你好你好,想必你就是大名鼎鼎的休弥尔吧?我深感荣幸。你应该还不认识我,我是……"

然而,巨人休弥尔不耐烦地打断了索尔的寒暄,他根本也没把这个来访的年轻人放在眼里,懒得理睬索尔在那儿哼哼唧唧说些什么。休弥尔转身走向后院,从牛群中拖出来三头母牛,提刀利落地宰杀后,交给妻子做晚餐。等到牛肉烹饪好后,还没等主人发话,索尔就做了一个让大家都没想到的举动:他并没有遵守客人之道,等待休弥尔落座进餐,反而自己一个人抢先吃掉了其中的两头牛。巨人休弥尔感到十分恼火,却也察觉到这个年轻人有着惊人的食量,似乎是大有来头。

第二天一大早,索尔要求与巨人休弥尔一起去大海钓鱼。休弥尔以索尔年轻无力,完全帮不上他的忙为由拒绝。但因索尔一再请求,最终休弥尔只得勉强同意了。临行之前,索尔问休弥尔:"应该用什么做鱼饵比较好?"休弥尔粗暴地骂道:"这样愚蠢的问题你还开口来问我!自己找去。不懂瞎嚷嚷啥,钓什么鱼啊!"巨人休弥尔的恶劣态度一次又一次地勾起索尔的怒火,他很想拿出神锤一锤就结束休弥尔的性命,无奈自己另有所图,只得强压怒火,暂时忍耐这份屈辱。为了完成自己此次出海的渔猎计划,找到适当的鱼饵,索尔在休弥尔的家中四处搜寻。当他瞧见休弥尔庞大的牛群时,便上前把最大的一头牡牛的牛头拧了下来,作为鱼饵。

索尔跑回到船上,和巨人休弥尔一起划桨出海了。休弥尔看到索尔的鱼饵竟是他的犍牛之头,不由大发雷霆:"你好大的胆子,谁让你把我最大的一头牡牛的牛头给拧下来了!"索尔不慌不忙地回答道:"我问你拿什么做鱼饵,你不理我,那我只好自己看着办喽!"休弥尔被他的话噎得半晌说不出话来,等到顺过气来又对着索尔喋喋不休地骂起来。索尔心里盘算着一个大计划,也懒得再与巨人陷入口舌之争。行驶了很久之后,休弥尔停止划桨,表示这里就是钓鱼的好地方。但是,索尔坚持要到更远一点的海域去钓更多更好的鱼。巨人休弥尔碍于面子不甘示弱,只能随索尔的挑衅继续打桨前进。感到有些不安的休弥尔警告索尔,前面的水域是极为危险的,据说围绕大地的中间园魔蛇就在下面,从未曾有人敢去垂钓。表情镇定的索尔对这番话无动于衷,休弥尔当然想不到索尔此行的目的正是要趁机消灭这条恶魔一般的巨蛇。

　　行驶到了海水最深的地方,索尔才肯停下船,他用最锋利的鱼钩勾住了拧下来的牛头,连同最牢固的钓线垂放到了海水中,静静等候。在海洋深处,洛基和女巨人所生的怪物魔蛇远远瞧见一个看起来非常美味可口的庞大牛头缓缓落入水中,立即飞速游过来。魔蛇一口吞下了牛头,却被牛头上的鱼钩牢牢地扎住了下颚,顿时疼痛难忍,拼命挣扎。索尔感受到巨大的魔蛇已经上钩,强大的重力扯着钓线,立即现出了力量之神的本色。他双手紧紧抓住钓线,凭借浑身充满的千钧神力用力拉动钓线,硬生生地将魔蛇从深海里拉了起来。在一旁的巨人休弥尔看到与他同来的文弱年轻人竟然用如此巨大的力量钓起可怕的中间园魔蛇,甚至转眼间变成了亚萨园的力量之神索尔,早已目瞪口呆,吃惊至极。魔蛇被索尔拉出了海面,雷光闪烁的凶狠眼睛和粘着黏稠绿色液体的蛇信正好对上了巨人休弥尔,吓得休弥尔瑟瑟发抖。就在索尔取出神锤密尔纳,想要一举击碎魔蛇天灵盖的紧要关头,巨人休弥尔因为极度恐惧而下意识地抽出渔刀割断了索尔的钓线。魔蛇从海面坠落下去,立刻潜入了海底,消失得无影无踪。任凭索尔在船上愤怒地咆哮,海面归于平静。

　　回家的路上,索尔因为没能成功击杀魔蛇而表现得闷闷不乐。休弥尔回想到自己胆小恐惧的糗样,因为临阵退缩才致使索尔渔猎魔蛇的行动功亏一篑而感到尴尬万分。但是,休弥尔当然不愿意因此而臣服于索尔。

　　回到家以后,巨人休弥尔终于想出了一个为难索尔的点子,意欲为自己捞回一点面子。他拿出一个小巧而精致的酒杯,对索尔说:"你在钓鱼时的表现堪称勇敢无畏,但也不见得就是真正的强壮有力。除非你能把这个酒杯打碎,我休弥尔才会承认你是真正的英雄豪杰。"力量之神索尔自然不会把区区一个小酒杯放在眼里,接过来就往一根坚硬的石柱上狠狠摔去。奇怪的是,石柱在索尔的神力下被击得粉碎,而这只看似普通寻常的酒杯却安然无恙。

索尔不服气地继续发威,可是无论他用什么方法,酒杯还是一点裂痕都没有。在一旁观望的休弥尔哈哈大笑道:"我就说你打不碎吧?还说自己是什么力量之神,这力气也不过如此嘛!罢了罢了,我可没工夫看你在这儿耍把戏了!"说完,休弥尔就到后院去喂牛了。

巨人休弥尔的妻子不忍心看不明真相的索尔受此愚弄,趁着休弥尔去后院的时候偷偷地告诉索尔:"这只酒杯是用天下最硬的物质制作而成的宝物,任何东西都不能把它击碎,除了我丈夫休弥尔的天灵盖。因为他的天灵盖比这只酒杯还要硬。"索尔听了喜出望外,走到后院跟休弥尔说:"我相信我已经可以打碎这只酒杯了。""哦,展示给我看看。""这需要你近距离地观看,来,过来。"等到休弥尔走进,索尔装作要摔的样子拿起酒杯,却出其不意地向休弥尔的天灵盖上砸去。果然,酒杯在与巨人坚硬无比的头骨猛烈碰撞后,应声而碎。

这下,欲哭无泪的休弥尔再也无话可说了,只能对索尔唯唯诺诺,俯首称臣。索尔马上提出要拿走他那口酿啤酒的巨锅给亚萨神使用。休弥尔哪还敢说半个不字,只能自我解嘲地与相伴多年的巨锅挥手告别了。然而,索尔在搬动异常庞大的巨锅时也有个麻烦:无论他从哪个角度试图扛起巨锅,巨锅都极不给面子,纹丝不动。最后,恼火的索尔大喝一声,用神力抓住巨锅的锅沿一把将它举过了头顶,大步走出了休弥尔的家。

索尔刚走出不久,休弥尔的一伙同胞巨人就从后面赶上来了。他们企图趁索尔头顶巨锅,行动不便的时候展开偷袭。索尔只能暂且先搁置下巨锅,掏出神锤,轻松地将这伙不自量力的巨人统统都杀了。然后,他还得再费力地把巨锅扛上肩头。等到力量之神索尔千辛万苦地扛着巨锅跋山涉水,大步走进了安吉尔家中时,亚萨神的欢宴还在继续进行。索尔将足够大的巨锅放在了安吉尔的面前,在座的亚萨神、精灵以及主人安吉尔,无不由衷地赞叹索尔的神威。虽然让索尔又一次神气地显摆了神威,安吉尔有意折腾索尔的目的还是达到了,他也就不再计较了。就这样,安吉尔有了巨大的酒锅酿酒。从此,每个冬天的安吉尔之宴,众神拥有更多的美酒可以开怀畅饮了。

小知识

魔蛇,又称尘世巨蟒,也被称为约尔曼冈德,是北欧神话中的怪物。破坏及灾难之神洛基和女巨人安格尔伯达所生的三个儿子中的第二个,第一个是巨狼芬里尔,第三个是死亡女神和冥界女王赫尔。这条尘世巨蟒环绕着整个北欧世界,嘴衔着尾巴,头尾相接,象征永恒。在古挪威人的想象中,凡人居住的尘世位于整个宇宙的中央,是一座巨大的城堡,而尘世巨蟒就盘绕在这座城堡的周围,在神的劫难到来的时候,它将激起可怕的波涛。在神的劫难一战中,这条尘世巨蟒从大洋里咆哮而出,加入巨人之间的战斗,雷神索尔迎上前去,在经过一番激战后杀死了它,而索尔自己也被尘世巨蟒的毒液所杀。

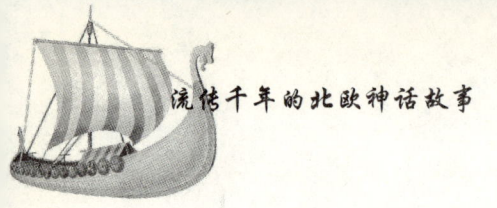

流传千年的北欧神话故事

识时务者为俊杰

所有出自巨人之祖伊米尔的巨人们,都被称为霜的巨人。他们是巨人世界的主人、世界秩序的破坏者和神祇们的敌人。冰霜巨人霍格尼尔有一匹名叫古法克西的宝马,在各类赛马比赛中一直拔得头筹。因此,他时常向他人炫耀此马为绝无仅有的良驹。

一日,众神之主奥丁骑着八足神骏斯雷普尼亚在空中奔驰。狂妄的霍格尼尔正好瞧见这一幕,指着奥丁喝道:"你乃何人?怎么骑着马在我头上飞?"奥丁听到有人在下面对他狂吼,就带着马降落到陆地上探个究竟。霍格尼尔定睛一看,是神骏斯雷普尼亚,脱口而出:"你骑的马倒是比你这个人神气多了。"奥丁心想:"这个傻子,哪有拿人和马比的,竟还敢说我不如匹马!"奥丁有些生气,故意大声说:"这马当然神气了,你们巨人国再也找不到比它更神速的马了。"霍格尼尔不服气地驳斥:"你听说过我的宝马古法克西的名号吗?敢不敢拿我的马跟你的比一比?""比就比,你追到我,我就甘拜下风。"奥丁说完,立即策马狂奔。

霍格尼尔见状,翻身跨上宝马古法克西,紧追不舍。但是,奥丁的马毕竟是八足神骏,它越跑越快,逐渐将宝马古法克西越甩越远。争强好胜的霍格尼尔心急如焚地俯身紧贴在马背上,全神贯注地驾驭着古法克西。直到越过了彩虹桥,穿过了阿斯加德大门。看见奥丁下马站在瓦哈拉神殿等待他,霍格尼尔这才意识到自己进入了世敌的地盘。但是,既已入虎穴,又有何畏惧,霍格尼尔反而翻身下马,大模大样地叉着腰站在亚萨园的土地上,气定神闲地欣赏风光景色,这让亚萨神大为佩服。

霍格尼尔虽然输了赛马,但赢了气势。亚萨神非常欣赏他的气度风范,破天荒地邀请这个死对头一起赴宴。霍格尼尔大方地接受了邀请,他随诸神来到宴会大厅,毫不客气地大口吃喝起来。亚萨神将霍格尼尔奉为上宾,礼数周全地款待他,不停为他献酒添食。

但是,霍格尼尔并非亚萨神所想的那种品行端正的客人。几杯酒下肚后,他便逐渐显露品行,不识抬举起来。霍格尼尔举着刚满上就被其一饮而尽的酒杯朝众神呼来喝去:"倒酒!倒酒!亚萨神居然让客人杯中无酒,真是徒有虚名,华而不实。"随着酒劲的上涌,霍格尼尔的本性暴露无遗,他开始口无遮拦:"这瓦哈拉神殿装修得很豪华嘛!到时候我把它搬到巨人园去,亚萨园这么难看,哪配这样的装修啊!到底是哪个草包设计的?至于其他建筑嘛,没什么可取的,全给我拆了,拆得干干净净,看着多碍眼呐!在座的诸位留着也没什么用处,这不是浪费口粮嘛!干脆全部杀掉好了,扔进乱葬岗去。"

众神只当他是酒后胡言乱语,也不好计较,只得忍气吞声。但霍格尼尔却越来越不像话,他招呼爱神芙丽嘉来为他斟酒,竟还用手摸着芙丽嘉的丰臀道:"果然亚萨神都爱喝你斟的酒啊!不过你这梨子一样的身材斟酒太可惜了,更适合放在家里生孩子,他们都可以杀了,但你我可舍不得杀,会留着好好享用的。"芙丽嘉惊叫着跳开了。放声大笑的霍格尼尔看到不远处的西芙正红着脸捂着耳朵,跳起来一把将她拉过来:"小妮子害羞什么啊,这小脸红扑扑的真迷人,我也不杀你,到时候你跟她一起回我家,一人一边伺候着,好不痛快。"

这句话被走进宴厅的索尔听个正着,见霍格尼尔如此戏辱自己的妻子西芙,索尔当即大发雷霆,怒喝道:"闭上你的臭嘴!这哪来的无赖,亚萨神的圣地岂容你这种泼皮在此撒野?"索尔对旁边倒酒的芙丽嘉说:"你离这个杂碎远一点,给他倒酒还不如把酒直接倒进下水道,下水道都比他的臭嘴干净些。""你凭什么让她远一点?她可是我老婆!"霍格尼尔嚷嚷着,又捏了把芙丽嘉的丰臀,"我老婆为我斟酒,你管得着吗?"索尔掏出神锤重重敲了一下霍格尼尔面前的桌子,所有东西瞬间粉碎,发出了巨大声响:"你这狗东西,谁让你进来的?要不是众神立誓这里不能被血污浊,我立刻就砍下你的狗头。"

霍格尼尔心里一惊,等他看清眼前之人正是巨人的克星——力量之神索尔时,酒立刻醒了大半,但他还是继续嘴硬道:"众神之主奥丁都没有站出来说话,你在我面前瞎嚷嚷什么?不懂规矩!"索尔怒道:"无需他开口,我即可杀了你。"霍格尼尔有恃无恐:"是奥丁请我来喝酒的,那么我就是客人,倒让我见识见识你们的待客之道。"索尔冷笑:"我们好心请你喝酒,你却像疯狗一样乱吠,有你这么不识抬举的客人吗?"霍格尼尔继续说道:"就算是,你又能拿我怎样?"索尔一字一顿地说:"收回你所说的话,向当事人道歉。"霍格尼尔骂道:"你不知道覆水难收吗?真是个白痴。"索尔火冒三丈:"你信不信我马上破戒杀了你?"霍格尼尔挑衅道:"你有本事就杀啊!快啊!要是我的无敌巨盾和燧石大棒在这里,我马上就可以陪你轰轰烈烈大战一场,到时候还不知道是谁会赢。你要是想做懦夫,可以趁我现在赤手空拳马上砍了我,想做英雄咱们就三天后决一死战!"索尔气得暴跳如雷:"好!我就答应让你再多活三天!三天后,要是不砸烂你的狗头,我就自贬为凡人!""能当面向力量之神挑战,我真是三生有幸啊!"霍格尼尔摸摸肚子,打了个饱嗝。"滚!马上在我面前消失。"索尔恨不得马上过去撕碎这个巨人。霍格尼尔假装镇定地走出亚萨园。

第二章 王行天下

  回到巨人国后，霍格尼尔在众多巨人面前添油加醋地大肆渲染自己的"丰功伟绩"："你们知道吗？我把那班傻亚萨神统统都调戏侮辱了一番，他们居然还把我奉为上宾，礼数周全地款待我，许多亚萨神围绕在我旁边不停为我献酒添食。我一高兴，亚萨神就跟着高兴；我一生气，亚萨神谁也不敢开口说话。还有，我和你们都害怕的力量之神索尔针锋相对啊！我勇敢无畏地挑战他，他脸都被我气白了却无可奈何，真是过瘾呢！"巨人族无不拍手称快。不过，霍格尼尔也知道巨人天敌索尔的厉害，所以召集族人一起商量三日后迎战索尔的对策。最后，巨人决定为霍格尼尔再制造出一个帮手。他们用泥土塑了一个身高九里、肩宽三里的巨人，将一颗马的心脏置于它的胸腔中，用魔法赋予这个泥人生命。

  决战那天，霍格尼尔提着他那面厚重结实、足可护住半身的巨盾，扛着擎天柱般的大棒，带着泥巨人来了约定地点。远远看到对面有人疾驰过来，霍格尼尔举起巨盾防御起来。不过。来人并不是索尔，而是索尔的急先锋瑟亚非。瑟亚非老远就冲着霍格尼尔喊道："瞧你这笨头笨脑的模样，这巨盾虽大，却只遮住了你的上半身，下半身毫无防护。我只需打你的腿，你的防御就不攻自破。"霍格尼尔一听言之有理，马上把护在胸前的巨盾放在地上，自己则缩身躲在盾后。瑟亚非嚷道："你这样是遮住了上半身和下半身，可是你的头顶毫无防护。我只需从上方打你的头部，你的防御就不攻自破。"霍格尼尔又用巨盾挡住下半身，将燧石大棒横在上面防护头部。瑟亚非见状又说："你这样倒是保证了防护能力，但只守不攻，怎么作战啊？难道你要坐以待毙吗？"霍格尼尔把泥巨人搬到巨盾面前说："我不作战，只防御就好了，它会替我作战。"瑟亚非笑道："万一它没帮你抵御住索尔怎么办，你得想个应急方案啊！"

  正在霍格尼尔手忙脚乱时，索尔已经驾着双羊战车在电闪雷鸣中风驰而至。索尔一声怒吼，奋力掷出了雷神之锤，夹杂着闪电、炸雷、烈焰直击向霍格尼尔。这结合了索尔强大的力量与重力加速度的神锤来势太过凶猛，一下子就砸碎了泥巨人，砸碎了燧石棒，砸碎了巨盾，余势未减地又砸在了霍格尼尔的天灵盖上。这个巨人花费心血精心制造的泥巨人还未发挥丝毫作用就灰飞烟灭了。几秒钟的事,还没来得及作出反应的霍格尼尔当即被砸得脑浆迸裂、命丧黄泉,真是个不识时务的人啊!

小知识

芙蕾雅(Freya),是繁育之神,掌管生育以及爱情,弗雷的妹妹。她十分慈祥,最为人所爱戴,因为冰天雪地里的人们热切盼望着春天的来临。她有时浓妆艳服、花枝招展;有时全副甲胄、披挂上阵,率领众仙女为奥丁遴选死难英雄。在某些故事里,她和芙丽嘉是同一个神。

谁动了我的项链？

在亚萨园中，爱情女神芙蕾雅是女神中的首领，与众神之后芙丽嘉一样享有崇高的地位。在神族战争以后，原本是华纳神的芙蕾雅与父亲涅尔德、孪生兄弟弗雷作为人质一起来到了亚萨园里。没过多久，芙蕾雅就以其美丽的外貌和崇高的神格获得了亚萨众神的尊敬。诸神惊艳于她非凡的美貌，立刻将弗尔克范格之地及一座名为瑟斯瑞尼尔的宫殿赐给她居住。这座宫殿非常之大，能够容纳有芙蕾雅的军队那样多的客人。

芙蕾雅的美丽在九个世界中也无与伦比，着实是亚萨园的骄傲。许多不自量力的巨人觊觎着芙蕾雅的美色，企图把她娶到巨人国中去。亚萨园周围高大的围墙就是巨人国中最伟大的工匠为了得到芙蕾雅而去建造的，巨人首领塞留姆也曾为娶到芙蕾雅而盗走了索尔的神锤，当然，他最后付出了性命的惨痛代价。

众神的欢宴上如果没有温情如水的芙蕾雅为亚萨神的巨觚里斟上美酒，连美味佳肴都将变得索然无味。在华纳海姆的时候，芙蕾雅是孪生兄弟弗雷的妻子；到亚萨园后，芙蕾雅嫁给了象征着夏日的亚萨神奥德，他又被视为"热情"或"情爱肉欲之欢"的象征。芙蕾雅很爱她的丈夫，他们生了两个极为美丽可爱的女儿，一为赫诺丝，一为格尔塞蜜，她们的名字也因此成为一切可爱、可贵之物的通称。但是，奥德却对爱情没有那么专挚，和芙蕾雅同居久了，渐渐心生厌倦了，时常出门漫游，离家远行，一走就长时间没有音信，这让满腔温情却受到冷落的芙蕾雅非常伤心。芙蕾雅孤寂地守候在家里，伤心落泪。她的泪水滴在石上，石为之软；滴在泥中，深入地下，化为金沙；滴在海里，化为透明的琥珀。经过了很长时间，不见奥德归来的芙蕾雅只要一有空，就到各个世界中去寻找这薄情的奥德。结果当然很失望，因而她常在世界各地伤心流泪。倘若芙蕾雅的泪水渗进了石头，石头就会变成金子，这就是有的地方把金子称为"芙蕾雅的眼泪"的原因。后来，终于在阳光照耀的南方的安石榴树下，芙蕾雅找到了奥德，那时芙蕾雅快乐得就像刚出嫁的新娘子。为纪念这安石榴，直至今日，北欧的新娘都是戴上安石榴花结婚的。

　　芙蕾雅的美丽，不仅在于她天生丽质，而且在于很多金银首饰的装饰作用。她很喜爱金珠宝石制成的首饰，对这类东西的贪心是无可餍足的。有一次，她偷了奥丁真金像上的一块金子。奥丁为了查究偷者的名字，曾以鲁尼文字写在金像口上，使其能自言偷盗者是谁。为了使金像不能自供偷者是谁，芙蕾雅还设法使金像破碎。而在芙蕾雅的首饰中，最为著名的是一条全世界最美丽的项链。戴上这条金项链的芙蕾雅容貌愈加美丽，可谓熠熠生辉，增添了不少作用。如同所有的金子宝物一样，芙蕾雅的这条项链也是由侏儒打造的。

　　有一天，芙蕾雅出行到了侏儒国，在一个侏儒的作坊外面无意中看见四个侏儒刚刚打造出一条美丽无比的项链。芙蕾雅一下子就深深地喜欢上了这条项链，她费力地钻进石头洞穴，表达了自己欲用重金向侏儒买下这条项链的意愿。但是，这些典型的既贪财又好色的四个侏儒贝尔林、德瓦林、格尔和阿尔弗利克故意一口拒绝了。他们慢条斯理地告诉芙蕾雅，这条布里希嘉

第二章 王行天下

曼项链是神奇的宝物,只要哪个女人戴上这条项链,就没有男人能抵挡她的魅力,所以他们是不会因为几个钱就卖给她的。越得不到的东西越想要,芙蕾雅像着了魔似的死活不肯离开,她苦苦哀求着四个侏儒将这条项链卖给她,要她怎样都可以,只要能得到这根项链。四个侏儒告诉芙蕾雅,想要得到这条项链也不是不可能,他们是不要钱的,除非她不鄙视侏儒的丑陋,心甘情愿地和他们一起苟且一番。爱情女神芙蕾雅爱美心切,竟无法放弃这条项链,鬼使神差地答应了四个侏儒的条件。在侏儒的阴暗洞穴中,芙蕾雅恍恍惚惚地度过了四个夜晚,就这样满足了侏儒的不轨企图。

最终,芙蕾雅也得到了项链。离开了侏儒国的芙蕾雅马上将项链戴在天鹅一样美丽的脖颈上,回到亚萨园到处炫耀。这条金项链增加了她的美丽,她从不离身,只因为索尔乔装自己抢回雷锤的事借过索尔一次。不幸的是,成天无所事事四处游荡的洛基从侏儒国中知道了芙蕾雅这件苟且隐私之事。唯恐天下不乱的洛基立即兴冲冲地跑回亚萨园,向奥丁打了小报告,他添油加醋地将事情说得非常不堪。听了此事的奥丁极为恼火,感到芙蕾雅丢了亚萨神族的脸,他命令洛基设法把这条项链作为实证取来,令芙蕾雅痛失爱链,给她一点教训。

洛基奉奥丁之命,挖空心思地想办法。直接向芙蕾雅索要是绝对不会给的,如何神不知鬼不觉地从芙蕾雅的脖子上盗来这条项链呢?最终,洛基决定趁芙蕾雅睡觉的时候下手。一番准备后,洛基趁芙蕾雅睡觉的时候偷偷来到了她的睡房外面。转了一圈后,洛基发现根本找不到机会混入芙蕾雅锁得严严实实的睡房中,更别说要偷取她的项链了。没办法,他只好变成了一只苍蝇,到处寻找可以飞入的空隙。洛基在密不透风的墙壁周围绕了很久,最后在屋顶上发现了一个跟针眼差不多的小洞。欣喜的洛基用尽平生所有的力气拼命挤了进去。

当他飞到小床边,看见美丽的芙蕾雅睡得又香又甜,那条项链就戴在她脖子上。只可惜,芙蕾雅平躺着,项链的连接处被她压在了下面,洛基根本没有办法取下。这时脑子灵活的洛基马上变成了一只跳蚤,狠狠地叮咬芙蕾雅的玉颈。芙蕾雅很快被咬醒,翻了个身又睡去了。这一下,项链上的锁扣正好露在了上面。洛基立即现回原形,轻手轻脚地将项链解下,打开睡房的锁,溜之大吉。他拿着项链,着急地向奥丁邀功去了。

第二天一早,醒来的芙蕾雅马上就发现一直戴着的项链不翼而飞,而睡房的门却大开着,便立刻明白是有人潜入卧室偷走了项链。芙蕾雅随即来到万能之主奥丁的宫殿,向他询问究竟是何人偷走了自己的项链。奥丁装作什么都不知道的样子:"我昨晚睡熟了,爱神还是去别的地方找找看吧!"芙蕾雅无奈只好四处寻找,一无所获的她累得筋疲力尽,绝望地坐在亚萨园边缘,号啕大哭。这一幕,正好被守卫亚萨园一举一动的希尔达姆看见。他走上前去问道:"芙蕾雅女神,你因何事在这里黯然神伤啊?"芙蕾雅哭得愈加伤心:"我的项链不见了!""你是说你平时常戴的那条项链吗?""是啊,难道你知道它在哪?"希尔达姆温和地笑道:"我日夜守护亚萨园,当然看见了那些暴露在天日下的行为。不过,这些事本来还是不能乱说的,这是我身为守护神所需遵守的规则嘛!不然亚萨众神都没有秘密了。"芙蕾雅楚楚可怜地看着希尔达姆,一双水汪汪的大眼睛勾人魂魄:"求求你告诉我好吗?"希尔达姆抵抗不住这般撒娇地哀求:"昨夜我看见洛基潜入你房间,出门后着急地向奥丁那里跑去了。"芙蕾雅一听,马上又向奥丁宫殿跑去。

一看到奥丁,芙蕾雅就伸手索要项链。奥丁面子有些挂不住,装成一本正经的样子说道:"你知道自己犯了什么错吗?"芙蕾雅装作无辜的样子:"我不知道自己做错了什么事,会让众神之主奥丁对我的项链这般挂念,望主明示。"奥丁不动声色地说道:"那你倒和我说说是谁平白无故给了你这条项链,这般好的人你把他叫来,也请他给我制造一些神物啊!"芙蕾雅眼见事情败露,奥丁也不会直接把如此苟且之事挑明,便换了口气哀求道:"英明神勇的奥丁啊!请你饶恕我的过错,把项链还给我吧!千错万错都只因为我太爱它了,我保证以后再也不会了,求求你了!"自古帝王难过美人关,看着美丽聪颖的爱情女神芙蕾雅楚楚可怜地请求,众神之主奥丁的火气烟消云散。他温和地规劝了芙蕾雅几句,就爽快地把项链还给了她。

从此,芙蕾雅的玉颈上永远戴着这条美丽绝伦的项链。事实上,虽然芙蕾雅正式的丈夫是奥德,可是和她发生过关系的人却也很多。自诸神以内的所有人,包括巨人和侏儒们都渴望得到芙蕾雅为妻。芙蕾雅不喜欢巨人,至于男性的神祇们,正如洛基后来骂芙蕾雅的那样,都曾和芙蕾雅有过肉体上的关系。芙蕾雅的确利用自己的美色达到了很多目的。不过这件项链事件发展到最后,无人斥责芙蕾雅,反而是洛基悲剧地被人谴责为"偷项链者"。看来,果然是美丽的女性弱者比较容易博取同情。

小知识

芙蕾雅(Freya),北欧神话中的美与爱之神,是涅尔德的女儿,弗雷的妹妹。在日耳曼,她和神后芙丽嘉混为一谈,但在挪威、瑞典、丹麦和冰岛,她是独立的神。她十分慈祥,最为人所爱戴。她不仅是爱情女神,职司人类的爱情和男女之间的山盟海誓,也是和奥丁、芙丽嘉一样为亚萨园的命运和安危时时操劳的神的首领。有时候,当华尔克莱们选择来人间的牺牲战士时,也有一半交由芙蕾雅,由她在她的宫殿里进行训练。她在亚萨园中享有和众神之后芙丽嘉同样崇高的地位,是女神中的首领。因此在某些故事里,她和芙丽嘉是同一个神。芙蕾雅到亚萨园后嫁给了一个叫奥德的亚萨神。

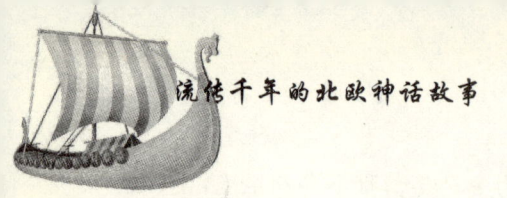

"钻石王老五"的艰难爱情

众神之主奥丁久居亚萨园中,不常到人间游历旅行。有一次,他与妻子芙丽嘉闹别扭,一气之下离家出走,在人间待了很久。那段日子里,奥丁为了反抗命运,正好利用这个契机,在人间挑选"恩赫里亚"。这些能够进入主神"英灵殿"的勇士,对奥丁来说具有极其重大的意义。因而,奥丁选取了很多在人间战场上阵亡的英杰,但这些人远远不够。

于是,奥丁将目标锁定了那些靠出海劫掠为生的维京人,希望从这些北欧海盗中物色、发掘出一些视死如归的英才。要想获取维京人的信任并建立威信,最好的办法就是成为他们中的一员。奥丁化名为特维斯,乔装成了一名海盗混入了维京人中。没多久,奥丁就凭借实力成为了维京人的一个小头目,他用"重赏之下必有勇夫"、"下要保底,上不封顶"的工资薪酬分配方案,招罗了大批气魄英勇、战斗力超强的海盗。同样,奥丁那令人难以抗拒和无与伦比的领袖气质令不少海盗折服。

后来,有人问这些英魂升天的"恩赫里亚":"当初,为什么你们明知跟随奥丁会难免一死,但还是抛弃一切,义无反顾地加入这个团队?"这些"恩赫里亚"大多这样回答:

"因为找到了属于自己的组织了。"

"一看到特维斯我就眼前一亮,愿抛下所有——财富、地位以及身边的朋友和下属,一心与他同行。"

"虽然同样是靠武力掳掠,但跟随特维斯做就很有成就感。"

"因为这是一份很有前途的事业。"

化名为"特维斯"的奥丁,指挥着他的船队和勇士们攻城略地,夺取土地和财物。当然,奥丁将战利品全部打赏给了手下。因为,早已是众神之主的奥丁与其他海盗头领不一样,他看中的不是金银财宝,而是这些悍不畏死的灵魂。奥丁在人间活动的目的只有一个,那就是向瓦哈拉神殿输送更多的英灵战士。所以,化名为"特维斯"的奥丁四处播撒战斗的种子,挑起各国的战争,操纵敌我双方将士的命运。奥丁让凡是英雄的人物都殊途同归地战死沙场,再被瓦尔基丽雅们带到瓦哈拉神殿。

一段时间过后,奥丁圆满地完成了招兵计划的奥丁,内心一直绷紧的弦也就松了下来。既然已在人间,奥丁打算游耍一下,好好犒劳自己。奥丁打听到附近西兰岛的统治者是待字闺中的女王萨迦斯。她是华纳神族的后裔,诗词琴艺造诣非凡,美貌和才华甚至让亚萨族的女神们都黯然失色。在西兰岛周围的国家中,那些未婚的领主、王储、少年英雄都慕名前来求亲,足以达到络绎不绝之势。不过,据说萨迦斯具有美女的普遍特性,生性极为傲慢,择偶标准颇高。她在拒绝一些看不上眼、不自量力的追求者时,还会顺便侮辱一下对方,弄得对方丢盔卸甲、灰头土脸才肯罢休。听到这个消息,奥丁心中的好奇心和征服欲被激发了,发誓要将萨迦斯变成自己的另一个战利品。

化名为"特维斯"的奥丁挑选出了一些心腹,连夜起航前往西兰岛,到达萨迦斯的王宫。女王的侍从早对这类的不速之客司空见惯了,他们都忍不住掩面偷笑,等着看这个号称"胜利之王"的特维斯在众多宾客面前被捉弄得狼狼狈不堪、出尽洋相。

在酒席上，化名为"特维斯"的奥丁终于第一次见到了耳闻已久的萨迦斯，她果真风华绝代、名不虚传。奥丁那神采飞扬的独眼中早已显示出，他正拼命按捺住自己几乎快要跳出喉咙的心脏。而此刻，萨迦斯女王对这位身形伟岸、体格壮硕、仪表堂堂的海盗头领特维斯的第一印象也还蛮不错，当然她绝对不会因此放弃要捉弄他的想法。萨迦斯女王看似非常热情地招呼着仆人侍奉这位远道而来的海上英雄，自己则挨着特维斯坐下，举止优雅地开始用餐。

酒过三巡，菜过五味后，特维斯问萨迦斯："据闻尊敬的女王陛下至今仍是单身？"萨迦斯假装很惆怅地说："唉！还没碰到合适的人啊，现在才貌双全的成功人士实在太少了。"特维斯一听此话，就摊牌道："我是个直肠子，就把此行目的开门见山地说了吧！鄙人一直仰慕女王的美貌和气质，这几年又在沿海做国际贸易攒了些积蓄，而今自己一个人觉得很孤独。在余下的时间内，我诚恳地请求女王与我共度此生，分享我的所有。"萨迦斯回应："才第一次见面，你就谈婚论嫁，未免太仓促了吧？"

特维斯不动声色地说："萨迦斯女王，请你原谅我的冒昧。我之所以如此匆忙地赶来，就是因为迫切想见到你，快一点向你表白。或许你来不及召集更多的亲友来见证我的坦诚之心，但我想向你保证，这些随我前来的人都是我最亲密的伙伴、出生入死的战友，他们曾经见证过我在战场上的打拼，现在他们也在此见证我的求婚，我相信在座的各位都感受到我的真心诚意。"萨迦斯笑呵呵地说："你比之前来这的人就各方面来说都好了不少。看来他们都是给你暖场的，我拒绝他们敢情就是命运安排等你上场。"

萨迦斯心想：这特维斯怎么如此擅长哄单身女性，熟练得像已婚男人一样。萨迦斯追问了一句："特维斯你还没结婚吧？"特维斯斩钉截铁地答道："我在人间真的没有结过婚，还是单身。"的确，奥丁跟芙丽嘉是结了婚，但那可是在神界的事情，在人间依旧处于单身状态可是真话。于是，萨迦斯一反冰山美人之态，对奥丁投怀送抱，殷情劝饮。奥丁虽然算得上是天上、人间海量的豪饮之神，但也抵抗不住这样一杯接一杯的美酒，酣然沉醉。

第二章　王行天下

　　酒席结束，奥丁在仆人的搀扶下，摇晃着进了萨迦斯女王的卧室，扑倒在了床上，立刻酣睡过去。萨迦斯见计谋得逞，又可以恶作剧一番了。她将奥丁的头发全部剃光，涂上松脂，在宫殿中招摇过市；然后把他装进一个超大号的黑色大袋中，吩咐手下将其送回船上。

　　第二天早晨，萨迦斯将仍处于宿醉状态中的特维斯的手下唤醒："你们的首领已经上船了，让你们马上返回工作职位，顺风起航。我还送了你们一份礼物，已经放置在床上了。"海盗们回到船上后，看见甲板上有一只超大号的黑色袋子，满心欢喜地以为这就是女王送给他们的礼物。谁知海盗们解开口袋一看，里面居然是样子怪异的首领特维斯。此时此刻，特维斯正好酒醒睁开眼睛了。在众手下的围观中，他只能用诡异的微笑尴尬地掩饰着自己吃的哑巴亏。众海盗慑于他的神威，自然也不敢出言相问。

　　萨迦斯戏弄了声名远播的海盗首领特维斯后，愈加骄横傲慢了。她还将此事编为歌谣派人四处传唱，吓走了所有的追求者。像特维斯这样的"钻石王老五"都被萨迦斯女王戏耍成这般模样，其他乌合之众谁还敢去求婚呢？

　　从此，原本门可罗雀的萨迦斯宫，再也没有了往日的喧闹，萨迦斯女王获得了她一直渴求的安定清宁。但是，随之而来的反面效果——寂寞孤独却让女王日益消沉。没有了那些络绎不绝前来追求的王公贵族和商界巨贾，少了玩弄对象的萨迦斯女王失去了生活的重心。她逐渐感到愧疚——之前对那些爱慕自己的人做得太过火了一点。特别是那个特维斯，他算得上是所有求亲者中条件最好的一个。虽然他比正常人少了一只眼睛，但这也是人家打拼事业时的印记啊！看着反而多了几分大气，更有男人味。虽然他比其他求亲者略显狂傲，但谁让人家战功显赫、财雄势人？在特维斯之前，没人能让女王顺眼；在特维斯之后，没人能让女王入眼。

　　过了一段时日，萨迦斯宫外来了一个鬼鬼祟祟的乞丐。这个乞丐伺机接近了萨迦斯女王的仆人后，神秘地透露："我在海边的树林中发现了一桩轶事。""什么事啊？"被勾起好奇心的仆人急忙向乞丐打听详细情况。乞丐却闪烁其词地推说："其实也没什么啦！说了你也不会相信，到时还把我当做神经病抓起来！"仆役心里赌得慌，哀求乞丐："你这不是吊我胃口、要我命吗？无论信不信,也得让我听完啊!"乞丐故作神秘地在仆人耳边公布答案:"每逢月圆之夜,海边的树林里就会有神牛交配,会繁殖出大堆的金银珠宝。有次被我撞见了,我可是亲眼目睹了那些亮闪闪的金银珠宝啊!你还别不信,我就带了些回来了。"说完,乞丐从怀里掏出了一块黄金,作为证物展示给仆人看:"我身份卑微,着实不敢在市场上将这些神牛交配后的副产品兑换成现金以获利,别人看我这么穷,肯定以为是我偷盗得来的。我这不是身揣财宝不能花,干着急气死人啊!我可不想再过这种风餐露宿的生活了,你能不能帮忙将这块黄金在自由市场上兑换,替我采办衣食。剩下的部分就作为活动经费和酬金由你自行支配,好吗?"仆役碰到这等好事,当即拍着胸口答应下来,发誓守口如瓶,绝不走漏半点风声。

当然,越是答应保守重大的秘密,就越有与人分享的冲动。没过几天,神牛交配繁殖金银财宝的事情就传到了萨迦斯女王的耳中。作为一国之主,她对金银珠宝毫无兴趣,倒是对生产源头、过程及工艺大感兴趣,她不明白神牛在交配后究竟是如何制作出贵重金属的。萨迦斯问那个最先传出消息的仆役:"听说你有朋友目睹了神牛交配生出金银珠宝这事?"仆役想起了乞丐叮嘱他保密的事,佯装不知地说:"全知全能的女王啊,这都是外界的谣传啊!"萨迦斯怒斥道:"知情不报已是有罪了,现在你还刻意隐瞒,这欺君之罪你担当得起吗?"仆役吓得磕头如捣蒜,不停地求饶:"尊敬的女王,请饶恕我的罪过吧!我愿意交出仅存的珠宝,我愿意带您去事发现场。"

在一个月圆之夜,萨迦斯女王跟随领路的仆役,来到海边的树林中。在传说中所谓神牛交配的地方,哪儿有看到什么神牛,只有坐在巨石上的特维斯一人。其实,这正是化名为"特维斯"的奥丁的计谋。特维斯点头向萨迦斯致意道:"亲爱的女王,真是人生何处不相逢啊!很高兴能够再次见到你。上次享受了女王的盛情款待,在下还未曾来得及答谢陛下呢!今夜,我正好在船上举办了宴会,还望陛下赏脸光临。"萨迦斯发现自己居然走入了特维斯设好的局,还变相收了他的金银财宝,不由感到尴尬,便回答说:"参加宴会倒是可以,但我是未婚女性,晚上必须得早点回家。"特维斯庄严起誓道:"我向庇护我们的主神奥丁发誓,绝不会对女王采取任何逾越社交礼仪的行为,必定礼尚往来,否则就让奥丁惩罚我吧!"

萨迦斯听到特维斯都搬出众神之主奥丁来发誓了,便放心大胆地携一众仆人到特维斯的船上赴宴。她哪里会知道特维斯即是奥丁,这样自己说给自己听的誓言毫无意义,就算违约,奥丁也不会蠢到惩罚自己吧!萨迦斯和仆人们一进船舱,特维斯就命令水手起锚扬帆,离开西兰岛的港湾。当时,海面上风速并不快,以至于萨迦斯女王和仆人丝毫没有感觉到船已慢慢远离港湾,向深海航行而去。

船舱里,特维斯一直与萨迦斯推杯换盏,但心存戒备的萨迦斯都是浅尝辄止。特维斯见这招不奏效,便想了个主意:"这样一直喝酒也颇为无趣,在下诚挚邀请萨迦斯女王和仆人一起玩个游戏,咱们掷骰子比大小,赢家倒酒,输家喝酒。"深居皇宫的萨迦斯女王从未玩过这种平民游戏,怎会是四处游历的奥丁的对手?片刻之间她就连输了几局,不得不服输地干了好几杯酒。

这时的萨迦斯几杯下去,意识已有些处于半恍惚状态,自感不胜酒力,顿生退席之意。特维斯马上阻止:"游戏中人人平等。女王怎可因为运势不好就想弃局退场,这样很扫兴的。"这是特维斯的主场,萨迦斯也不好意思强硬拒绝,几度犹豫时,又连输了几局。烈酒入喉后,萨迦斯女王胃中翻江倒海。她恐酒后失态,赶忙推说天色已晚,自己要起驾回宫了。特维斯马上回应:"我说过会早些送你回家,你放心,肯定说到做到的。"萨迦斯疑惑地问:"我感觉已经很晚了。为什么不见你船舱里面有计时的沙漏啊?"特维斯道:"我们这些以海为家,以浪为床的粗人,平素都是以观测日月星辰的轨迹来掌握时间。又不是四平八稳的陆地,在如此颠簸摇晃的海面,沙漏怎么能准确计时呢?"

没想到,萨迦斯直接站起来,将头探出窗外观察天色,只见海水浪打浪,早已远离西兰岛港湾,这才知道上了一条不能返航的船。萨迦斯知道特维斯是吃软不吃硬的汉子,现在只有放低姿态才对自己有利。于是,萨迦斯借着酒劲往特维斯肩头一靠,柔声细语地说道:"你们那豪爽的气魄是不是长年漂泊在海上所造就的?"特维斯得意地说:"那当然,我们都是坦坦荡荡的汉子。"萨迦斯故意反问道:"也就是说不会小气的噢?"特维斯:"男子汉固有传统美德之一就是心胸开阔!"萨迦斯将嘴唇靠近特维斯的耳朵道:"无论你接受与否,我为上次的任性和失礼向你致歉。"特维斯哈哈一笑,说道:"没事没事,你不提我都忘了这事了。来来来,今日大家把酒言欢。"萨迦斯心想:"我都已经这么明白地低眉顺眼,还说这种话,你这是掩饰自己的虚伪,还是给我面子啊?"特维斯顿了顿说:"女王陛下,看来你有些微醺了,还是去书房醒醒酒吧!"

萨迦斯心里盘算着能这样脱离酒局也是件好事,就点头应允,离席进屋。书房里只有一张铺了北极熊皮的大床,这分明是卧室,哪是书房?就这样,萨迦斯女王被堵在了特维斯的卧室之中。特维斯紧随其后:"我尊贵的女王,你平时都在深宫养尊处优的。这次亲自到海边来也是想寻些宝藏吗?"萨迦斯不屑地说:"我作为西兰岛的主人,会眼馋宝藏吗?""既然对财宝毫无兴趣,那女王为什么还要到海边来呢?莫非是另有所图?"萨迦斯女王面红耳赤,一句话也说不出来。虽然贵为女王,但她也与一般人无异,好奇心重,才会一步一步地进入特维斯所设的局。萨迦斯意识到她与特维斯之间的过节,恐怕只能用成年人独有的方式来解决不可了。

夜晚,船没有靠岸,酒席间觥筹交错。风平浪静的海上,"钻石王老五"的爱情终究修成正果。

小知识

英灵殿瓦尔哈拉,奥丁神在人间的战场上挑选英勇善战的战士——准确地说,就是那些不怕死的人——以便让他们与诸神一道在世界末日的诸神黄昏(Ragnarok)之战中并肩作战。瓦尔基里就骑上快马穿越云端,把挑选出来的武士送到瓦尔哈拉——奥丁神接待死者亡灵的殿堂。在英灵殿内,那些牺牲在战场上的人被称作"einherjar"(格斗者),他们每天都要面对面地进行实战操练,到了晚上他们又像没有受伤的人一样欢宴狂饮。这英灵殿的神话,正体现了古日耳曼蛮族所向往的理想生活——白天战斗、晚上豪饮,无所畏惧地迎接挑战。

第三章
神之黄昏

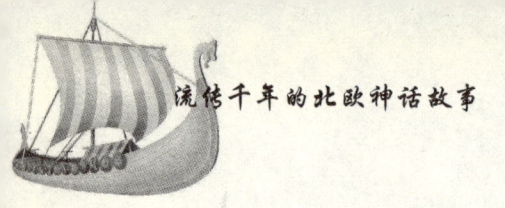

精诚所至，金石为开

罗斯国是位于人间园的国度，国王比林为罗斯国一方君王。他有一位名叫琳达的独生女儿。琳达艳若桃李、冷如冰霜，着实是位冰山美人。从小到大，琳达最爱的玩具就是冰雕。在酷热难耐的夏季，琳达的寝宫中依旧冰封如故，所用的家具皆用寒玉特制而成，连最耐寒的极地植物都无法在周围生长。到了呵气成霜的冬季，所有人都包裹在严实的裘衣中围坐在火炉旁取暖，而琳达却穿着清凉的薄纱夏装在冰雪世界中闲庭信步，放声歌唱。

但是，琳达患有严重的社交恐惧症，对任何人的态度都冷淡生硬。若有人向她询问感情问题，她就会板起脸，面无表情不理睬人；要是对方还不知死活地给她介绍对象或求婚，她就会不给面子地大发雷霆，连壁炉中熊熊燃烧的火焰都会随着琳达的怒气瞬间熄灭。因此，所有本国或邻国的王公贵族们都不敢前来向她求亲。而琳达也不愿意被人牵绊住自由，现在的她可以自由

第三章 神之黄昏

自在地玩耍，享受一个人的无拘无束。

本来，国王比林也因为宠爱自己的女儿，由着琳达的性子。然而近年来，罗斯国经常受到海盗和强邻的侵犯袭击。年老体衰的国王比林根本无力率军抗击外来侵略者，举国上下也挑不出一个能够担此重任的勇士。这时，国王比林真心希望能有个儿子或女婿率军出征，解救国家的危机。这样一大把年纪是不可能再有儿子了，就算有，也等不及他慢慢长大，只能寄希望于独生女琳达，盼望她能尽早改变想法，觅得如意郎君。

一日，国王比林的王宫里突然来了一位自称是特维斯的陌生人。他头戴阔檐帽子，身穿灰色风衣，与普通路人没什么两样。唯一可以看出端倪的就是，左眼的眼罩显示出此人就是独眼奥丁乔扮的。众神之主奥丁之所以匆匆赶来罗斯国，是因为预言女神告诉他，他的儿子光明之神巴尔德尔将被谋杀，而能够手刃杀子仇人的只有他和琳达的儿子。在这之前，奥丁连琳达的面都没见过，根本不知道琳达是何许人也，只得想办法在人间寻找机会接近她。

特维斯拜见了国王比林，郑重其事地对他说："想必陛下现在因为外来侵犯不断而苦恼，我可以替陛下击退所有敌人，还可以让他们数年之内不敢再逾越国境线一步。"比林不动神色地问道："壮士有何条件？""我不贪图金银财宝，唯一条件就是请陛下把令千金琳达嫁给我。"特维斯坚定地回应道。

比林喜出望外，终于有人敢来提亲了。但是，比林突然想到女儿孤傲的怪脾气，便告诉特维斯："我的女儿性子极为古怪，她不愿意谈论感情之事，这也不是我能决定的事情，容你仔细考虑后再作决定吧！"特维斯拍着胸脯说："只要陛下能够信守承诺，我保证一定打败敌人。至于能不能俘获琳达的芳心，那是我自己的事，陛下不用担心。"国王比林眉开眼笑，点头应允。

于是，特维斯在罗斯国内招募了许多精兵良将，不多日便开赴前线。这班神领导的军队对决人领导的军队的战斗局势，其结果是显而易见的。有奥丁的神矛冈尼尔、锁子铠甲助阵，攻击和防御力强劲的罗斯国军队所向披靡，捷报频传，没多久就以完胜的战况班师回朝。

凯旋的特维斯受到罗斯国臣民的夹道欢迎，唯独不见国王千金琳达的身影。庆功宴结束后,特维斯在国王比林的默许下,步入了琳达的冰宫。特维斯微笑着对琳达说:"想必公主已经知道我完胜回朝了,是时候该和我完成接下来的事情了吧!"琳达当然知道父王与特维斯的约定,但她怎肯就范:"别的暂且不说,不如英雄先在寒舍歇息一下。"琳达以遵守礼节为表面现象,刁难为真实目的,请特维斯到温度低于零度的寒玉椅上就座。一般人坐一下这样的寒玉椅就会下半身瘫痪,内火极重的奥丁却泰然自若地坐在寒玉椅上,笑眯眯地谢过琳达的美意。琳达暗暗惊叹来者不简单。见琳达没有答应的意思,特维斯直接开门见山:"我已得到国王恩准,前来与公主完婚。"

琳达马上大声斥责特维斯:"你是什么东西,竟敢如此口出狂言,胆大妄为!"从琳达口中飞出的每一个字眼,都即刻化作冰凌,直接射向特维斯。没想到,冰凌还未逼近特维斯,竟都被其护身的炙热气场所融化。见此招并不奏效,勃然大怒的琳达腾身围绕特维斯高速旋转起来。她体内透出的寒气马上形成了一股旋涡,像铁桶一样牢牢包围住了特维斯。旋涡中持续不断地迸射出密密麻麻的冰刃霜箭,一眨眼就将特维斯全身的甲胄都撕成了碎片。

特维斯仰天长笑,"嗖"地一下站起身来,踏出气旋,缓缓走近琳达。特维斯心跳加速,血液升温,全身发光发热,这使得原本锋利急速的冰刃霜箭一靠近他炽热的能量场,即刻化作水蒸气升腾。特维斯每走近一步,琳达周围的气温就上升十度,她第一次有了浑身冒汗的感觉,只得一步步退后。琳达渐渐被热浪逼退到了墙角,逐步靠近的特维斯距离她只剩一臂之遥。特维斯得意洋洋地向琳达嘴唇凑近,想要亲吻这个"战利品"。琳达则狠狠给了特维斯一记耳光。伴随一股冷风,她飞快地跑出宫殿。特维斯望着琳达消失的背影:"或许琳达讨厌粗犷的武夫吧!以心灵手巧的形象出现在她面前效果就会好些。"

几天后,特维斯化身为银匠,故意向国王比林进献了许多精美的男式银饰。琳达看到父王佩戴的工艺精湛的银饰,便撒娇向父王索要。国王比林只能下令请银匠再次进宫,计量琳达的尺寸,专门为她定做银饰。特维斯又创造出机会接近琳达了,他打算在量琳达手指尺寸的时候顺便摸一摸她的小手,然后在现场打造几个纯手工银饰送给她。只要用首饰把琳达逗开心了,接下来的事就好办了。

但是,从特维斯一走进王宫门,琳达就凭着女人的直觉开始怀疑这个银匠的来历和身份了。因为,一般人靠近她十公尺内都会冻得瑟瑟发抖,不停地打喷嚏;而这个银匠居然能够不着裘皮,仅袭一身单衣神态自若地大踏步进宫,这足以让人怀疑其动机和目的。当特维斯度量琳达手指尺寸时,她已经从他的一言一行、火烫的体温、还有那只独眼,察觉到这个银匠就是特维斯装扮的。正当特维斯趁着量琳达手指尺寸,顺便摸了摸她的小手时,只听"啪"的一声,特维斯又挨了一记耳光。再一次,伴随一股冷风,琳达转身跑出了宫殿。特维斯心想:"是不是匠人的身份太过卑微,琳达才会不屑于如此悬殊的阶级差异?看来我得以帅气阳光、年轻有为的形象出现。"

于是,特维斯第三次踏进王宫门,以杰出青年的形象向琳达正式求婚。他特意隐去独眼,用炯炯有神的双目示人。国王比林特别喜欢这个小有成就的小伙子,而且他的样貌比起之前要娶自己女儿的那个"独眼龙"端正顺眼多了。在解决疆域争端后,国王比林早将注意力放到了女儿琳达的婚事上,急切盼望找个乘龙快婿。自古婚姻都是父母之命、媒妁之言,觉得女大当嫁的国王比林下定决心将琳达嫁给了这个由特维斯变身的小伙子。听闻消息的琳达怒气冲冲地跑来质问父亲。

没想到,国王比林这次一反常态,不再由着女儿胡闹。他老泪纵横地说:"你已到了该嫁的年龄了,这次就算你不想嫁也得嫁!难道你忍心看到父亲我老了无法享受天伦之乐,后继无人吗?你对得起我,对得起这个国家的子民吗?"迫于父亲的压力,琳达勉强答应跟这个不知来历的人成了婚。新婚之夜,宾客散尽。特维斯笑嘻嘻地走进新房,对新娘说道:"你知道我是谁吗?你终究还是我的,命中注定啊!来,咱们该以夫妻之名,行夫妻之实了。""想得美!"琳达毫不留情地一脚将丈夫踹下了床,"做梦去吧!"如此轮番三次被拒绝后,特维斯恼羞成怒,他爬起来对着琳达额头一指,念动鲁尼神咒。琳达立刻昏了过去,特维斯也拂袖而去,一走了之。

第二日清晨,琳达醒来后就一直处于恍惚之中,对任何人或事感觉似曾相识,却又不知所以然。心急如焚的国王比林到处张贴告示,请来了世界各地的名医、巫医,但他们对琳达怪异的病情都束手无策。这也怪不得他们,不懂鲁尼符文的凡人自然无法解开众神之主奥丁的神咒。

正在国王比林束手无策时,奥丁装扮成一个叫瓦克的江湖游医求见国王比林,声称自己能治好琳达的怪病。按照众神之主奥丁以往的脾气,怎堪忍受凡人三次羞辱。但是,回到亚萨园的奥丁想到命运女神预言能替他报杀子之仇的人只有他和琳达所生之子,他着实不想让杀害自己亲生儿子的凶手逍遥法外。因此,奥丁只能耐着性子再次接近琳达。

来到琳达的卧房后,瓦克先将泡有极地苔藓的药油加热后给琳达泡脚,然后按摩其脚底穴位。原本知觉麻木的琳达渐渐恢复了一点意识,开始迷迷糊糊地呼唤父王的名字。国王比林一看马上要求瓦克加大药量、缩短疗程,让女儿早日康复。瓦克回应说:"公主病情刚刚有所起色。她身体抵抗力太弱,周围温度稍有变化就会令其病情急速恶化。接下来的疗程得在一个不受外界干扰、完全密闭的房间内,让我一人独自进行。"

国王比林觉得有些不妥,但想到女儿已变成这样,当前治好怪病、恢复健康才是重中之重,便答应了瓦克的要求,吩咐手下准备了一间密室,请瓦克到里面安心治疗琳达。被请入室的瓦克关上门,转身就恢复了独眼奥丁的形象。

他不停加大对琳达耳后、脖子、背部等神经末梢敏感部位的按摩力度,同时缓缓念起了驱散符咒的鲁尼文,使琳达逐渐清醒过来。奥丁靠近琳达耳边轻轻地问:"我尊贵的公主,按摩的力度够不够,要轻一点还是重一点?究竟要我怎样做,才能感化你那颗冰冷的心,让你接受我?"此时此刻,完全清醒过来的琳达彻底感受到了奥丁浓浓的真情实意:"自己那么多次蛮不讲理地对他,对方竟还不舍不弃。父王之前也许了自己和他的婚事,是时候将心和人交给他了。"

最终,琳达成了奥丁第四任妻子,为他生下了主司园艺的欣欣向荣之神瓦利。正如预言的一样,奥丁和琳达所生之子瓦利杀死了光明之神巴尔德尔的孪生兄弟霍尔德尔,为巴尔德尔报了仇。只可惜,命运女神没算出霍尔德尔是遭洛基欺骗而误杀了巴尔德尔。

> **小知识**
>
> 瓦利(Vali)，主神奥丁之子。瓦利是琳达与奥丁的私生子，他一出生即迎风就长，刚过一昼夜便能上阵打仗，他不洗双手也不梳头，直到抓住巴尔德尔的仇敌霍尔德尔，为光明神巴尔德尔报了仇。

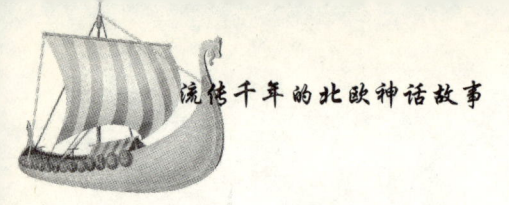

亚萨神与三个怪物的纠葛

巨人西格恩是亚萨园众神的首领之一洛基的妻子,她为洛基生下了许多孩子。无一例外,这些孩子也都是巨人。西格恩生性善良,自从嫁给洛基以后就一心待他,忠诚地为他生儿育女、相夫教子。西格恩带着她的巨人孩子居住在约特海姆的乡村里,老老实实、本本分分地过着普通巨人的生活。

只可惜,生来就不安分的洛基哪里会安安稳稳地生活?他时常和其他女巨人鬼混。由于其他女巨人生性正邪不一,这就导致洛基在各地还有一批各不相同的子女。其中,巨人国中就有一个生性极为怪异的女巨人在与洛基缠绵后,为洛基生下三个非常可怕的孩子:一条蛇、一匹狼和一个古怪的女孩子。

由于洛基留下了这样一些稀奇古怪的孩子,亚萨园中隐约流传着关于他

第三章 神之黄昏

们长大后会不利于亚萨神的预言。众神认为，如果让这三个最可怕的孩子在邪恶的巨人国肆意成长变大后，即将带来难以控制的麻烦。能够预知未来的众神之主奥丁自然更加明白，这些留下的安全隐患会带来怎样的噩运。他派了两个神勇强壮的亚萨神索尔和泰尔，到巨人国约顿海姆把这三个可怕的孩子带到亚萨园来。

奥丁下达命令时，生性贪玩的洛基不在亚萨园里，也不知在何处与女巨人鬼混或是在欺压侏儒，正好方便了亚萨神的行动。索尔和泰尔来到约顿海姆，找到这三个小怪物，要直接拉他们走。

无奈的是，那条滑溜溜的蛇极力反抗，根本就抓不牢；那匹狼一个劲地对着索尔和泰尔咆哮，哪里肯跟随他们；那个一半血红、一半靛蓝的女孩子在旁边冷眼旁观一切。索尔和泰尔只得连哄带骗："不要害怕，是你们的父亲洛基想看你们了，我们正好路过将你们带到亚萨园玩几天。"两位亚萨神费尽力气，好不容易才将三个小怪物从巨人国带到了亚萨园。

奥丁与众神聚集在亚萨园的会议厅里商量对策，以高高在上的姿态作出了处理的决定。众亚萨神都非常讨厌那条难看至极的蛇，他们一致决定把它扔到亚萨园外最深的海洋里去，就算淹不死它，也可以让深海的鲨鱼吃了它。

而那匹狼与蛇不同，刚生出来没多久的它像是一条供人玩赏的宠物小狗一般，看起来毛茸茸的很可爱。众神有些不忍这样直接杀死它，便决定暂且权当它是一条小狗，豢养起来供亚萨神赏玩。

而那个女孩却透着很大的古怪，她的脸惨白无血，身上一半靛蓝，一半鲜红，时不时还会淌下鲜血。众神决定遣送这个叫做赫尔的女孩到冰雪世界尼夫尔海姆旁边建立的死亡之国去，负责管理人类中的死者。就这样，三个古怪的孩子都被"妥善"地处理好了。

然而，事与愿违。被扔到深海的那条小蛇并没有被淹死，也没有被吃了，反而越长越大，最后竟然把人类居住的中间园围绕起来。这条以血盆大口衔住自己尾巴的丑陋巨蛇被称为中间园魔蛇，构成了对人类的最大威胁之一。

叫做赫尔的古怪女孩被遣送到死亡之国以后,长大后成为了死亡之国中的真正主人。赫尔在靠近泉水的地方修建起了有着巨大无比的石门和坚不可摧的围墙的死亡之宫。因为疾病和衰老而死亡的人都进入这座宫殿,奉死亡之主赫尔为主人,为她服务。她的桌子被称为饥馑,她的餐刀被称为饿殍,她的仆人们被称为懒惰,赫尔逐渐变得声名卓著。

豢养在亚萨园里被称为芬里斯的小狼,以异乎寻常的速度疯长起来了,它的个子很快就比奥丁的那匹八蹄神骏还要高大。芬里斯狼以这样惊人的速度成长,很快就变成了庞然大物,褪尽了它童年时毛茸茸的那一点可爱,变得非常凶狠残暴。他整日对着亚萨神嘶吼咆哮,血盆大口中的獠牙淌着口水,闪闪发亮。渐渐地,众神之中只有战神泰尔还敢靠近芬里斯狼去喂食了。

为了防止芬里斯狼变成谁也无法控制的恶魔,众神找来了一条粗大结实的铁链,准备把它牢牢拴住。众神带着铁链骗芬里斯狼说:"芬里斯,不要误会,我们想要用这条链子来试试你究竟有多大的力气。"芬里斯狼不以为然地任由众神把它锁了起来,缠绕了好几圈。没想到才刚刚锁完,芬里斯狼嗥叫一声,粗大的铁链就被挣断得四分五裂。

亚萨神们大吃一惊,顿感事态严重,已远非当初所想的那么简单。他们决定立即分头去寻找更坚固的锁链。数日之后,亚萨神们带着一条极为粗大结实的铁链再次出现在芬里斯狼面前。

众神哄骗芬里斯狼说:"你的确是一头强壮有力的巨狼,如果你还能够轻而易举地挣断这条天下最牢固的锁链,那么你将会名扬天下,成为狼族乃至全世界的大明星。"

芬里斯狼非常渴望成名,它应允亚萨神们用锁链将它捆绑起来。为防止芬里斯狼又像上次一样轻易挣脱,这一次,众神用铁链结结实实地把狼的四肢和躯干都缠绕得密不透风。芬里斯狼发出恐怖的嗥叫声,真是惊天地泣鬼神。它用力挣扎,铁链发出被绷紧的尖厉响声,轰然崩裂。

铁链的每一节居然都被挣断,扭曲的链环飞溅了一地,彰显着胜利者的喜悦。在第二次挣断铁链以后,芬里斯狼变得愈加凶残强悍,它瞪着血红的双眼，几乎要将众神吞入吃掉。

又一次失败的众神感到万分忧虑，情况已经刻不容缓了，如果不尽早把这条可怕的恶狼牢牢捆绑起来，亚萨园的神祇们将时时刻刻都处在危险之中。众神之主奥丁旋即派了聪明伶俐的侍从斯基尼尔前往侏儒国，求助于和亚萨神相交甚好的工匠辛德里和布洛克兄弟。

斯基尼尔快马加鞭地赶到了侏儒国，向辛德里兄弟说明来意。德里和布洛克表示非常乐意为亚萨神们排忧解难，随即开始打造起对付芬里斯狼的武器来。斯基尼尔重任在肩，不敢松懈地坐在侏儒们低矮的洞穴里耐心等候。辛德里兄弟在洞穴里忙碌了很久，终于完工了。

他们交给斯基尼尔一条很细、很软、很光滑的绳子，完全像是一条丝绸带子。斯基尼尔怀疑地看着这条绳子，这样的一条软索实在难以让人相信能够绑住巨大凶恶的芬里斯狼。瞧见斯基尼尔疑惑的神情，向来少言寡语的辛德里递上了一张捆绑索产品说明书。

构成成分：岩石中的树根33％、猫的脚步声28％、女人的胡子24％、鱼的肺14％、熊的脚腱3％、鸟的唾液2％。根据产品成分，此产品生产者保证可捆绑芬里斯狼八十七八头。

从这份产品说明书上可以显示出，这条捆绑索是用世界上最不可思议的六种东西打造而成，因而它具备神奇功能。也正因为提供了制作原料，从此山上的岩石再不会长出树根，猫没有了脚步声，女人没有了胡子，鱼没有了肺，熊没有了脚腱，鸟没有了唾液。

看了这张说明书的斯基尼尔对这条软索信心十足，他非常诚挚地感谢了辛德里兄弟，满意地带着这条捆绑索飞回到了亚萨园。为保亚萨园平安，得到了这条软索的亚萨神决定再冒险尝试一次。为了防止误伤，众神特别谨慎地把芬里斯狼骗到了亚萨园角落的一个孤岛上。他们恭维道："这个世界没有比你更加强壮有力的生灵了，你的声誉已经传遍了九个世界，真是了不起的芬里斯狼啊！那么，假若想请你帮我们试试这条软索到底有多结实，你是不会不给面子地拒绝吧？"

芬里斯狼明显知道这些折腾了好几番的亚萨神们想用花言巧语来制服

自己,但是高傲的芬里斯狼对他们手中如此柔软光亮的绳子不屑一顾。同时它也有些好奇为什么这条绳子反而看起来没之前的几根结实呢?狂妄的芬里斯狼难以遏制想尝试一下的心情,也顺便可以显示一下实力,宣扬出更大的名声。

"好吧!我可以帮你们试一下这条软索有多结实。"众神们高兴地一拥而上。"哎,慢着!"芬里斯狼挡住伸过来的手道,"为了保证各位有名的亚萨神不在我被捆绑的时候算计我,你们当中必须有一位将手臂放入我口中,这样我才能放心。"

望着芬里斯狼的血盆大口,众神面面相觑,谁也不愿意承担这个风险。长时间的沉默以后,亚萨神中最勇敢无畏的泰尔从人群中走出来,大义凛然地将他的右手放进了芬里斯狼的口中。踌躇着的众神立刻蜂拥而上,用软索把恶狼捆绑起来,并将绳索的一头牢牢地拴在了一块千年巨岩上。

等到众神动作完毕,芬里斯狼开始用力挣扎,它瞪着血红的眼睛,恶狠狠地咆哮着。而这条用六种古怪原材料制成的软索开始发挥起神奇的威力,它紧紧地贴在芬里斯狼的皮毛上,芬里斯狼挣扎的力气越大,软索也就越把它缠得越难以挣脱。芬里斯狼狠狠地撕咬着泰尔的手臂,发出了绝望的嗥叫声。最后,狂暴的芬里斯狼被死死地捆成一团,动弹不得。

亚萨众神发出了胜利的呼声,大家都为这一次成功制服恶狼而感到高兴,个个眉开眼笑。除了欲哭不能的战神泰尔,他为这次成功付出了惨痛的代价,右手葬身巨狼腹中。从此以后,泰尔只剩下了一只手臂,也因此时常被称为"单手神"了。

而自此以后,芬里斯狼一直被绑在亚萨园一角的孤岛上,直到雷加鲁克的降临。虽然这期间,亚萨园的空中不时传来芬里斯狼的几声嗥叫,但是众神再也不为它感到忧虑和害怕了。

然而后来,在光明之神巴尔德尔死后,亚萨众神被注定的命运——世界的末日雷加鲁克不久就降临了。在宇宙中,最先降临的是三个寒冷漫长的冬季。各界都爆发了可怕的战争,到处都充斥着暴力和混乱。这三个冬季过后,又是三个更黑暗、更漫长的严冬,被称为芬布林之冬。在那时,所有形容

第三章 神之黄昏

世界的美好词汇都不再适合。太阳和她的儿子月亮在芬布林之冬中显得黯淡而疲惫，最终被追逐他们的恶狼吞吃了，整个世界落入了无尽的黑暗与寒冷。

大地发生了强烈的震荡，所有锁住恶魔的绳索都崩裂了，大群被亚萨神们制服的恶魔都逃了出来，这其中就包括恶魔洛基和他的儿子芬里斯狼。大海也掀起了汹涌的波浪，海水不断上涨，淹没了陆地、河流、湖泊、山脉、高原，整个世界变成了一片汪洋大海，吞噬了无数生命。

这个时候，魔蛇出现了，他原本深藏于海底的中间园，现在顺着洪水冲上了大地。在滔天的恶浪中，一条用死亡之主赫尔提供的死人指甲做成的船出现了，船上坐满了巨人中最邪恶的魔鬼。

所有的恶魔都渐渐聚集起来了，他们组成了恶魔的队伍，向亚萨园中的广大平原行进。巨大的芬里斯狼走在最前面。它的眼睛和鼻孔中喷射出蓝色的火焰，它张开着血盆大口，上颚顶住了天空，下颚抵住了大地，他吞噬掉了太阳，甚至意欲把所有的神祇都吞入肚中。紧紧跟随芬里斯狼的是中间园魔蛇，巨蛇扭动着庞大无比的身躯，与芬里斯狼一同飞速前进。它黏着血丝的红信子一吐一缩，不断地喷散出毒雾，把整个天地熏得恶瘴重重。

当以芬里斯狼为首的魔鬼大军踏破彩虹桥的时候，众神之主奥丁手持雪亮锋利的无敌长矛，身穿坚不可摧的锁子铠甲，骑着八蹄神骏斯雷普尼尔，奔驰在最前方。他带领着众亚萨神和瓦尔哈尔宫的死亡战士，组成气吞山河的浩荡队伍迎接战斗。他头上戴着的黄金头盔发出了万丈光芒，犹如黑暗中的太阳，指引着众亚萨神和死亡战士们走上决战之路。

力量之神索尔紧紧跟随在奥丁的身旁，他站立在两只力大无穷的山羊拖曳的战车上，身系力量之带，戴着铁手套，双手高举着神锤密尔纳，愤怒的双目放射出灼人的火焰。亚萨园王子弗雷、独手战神泰尔、守卫神希尔达姆并骑奔驰在奥丁和索尔之后。奥丁所有的儿子也都武装起来，跟随在他们之后。以芙蕾和丝卡蒂为首的女神们也参加了决战的行列。在亚萨神后面，则是无数瓦尔哈尔宫的死亡战士，排列成巨大的战阵，犹如汹涌的波浪冲向

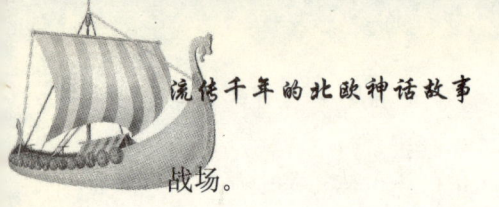

战场。

在亚萨园中的巨大平原上,正义之师与魔军的战斗打响了。一马当先的奥丁对抗上万恶之首芬里斯狼,一旁的索尔则和中间园魔蛇展开了激战。众亚萨神奋勇向前,与魔头们激烈地打斗起来。而正义之师中的死亡战士们和魔军中无数邪恶的巨人混战在一起。

奥丁与芬里斯狼的战斗最为激烈。奥丁用长矛奋勇地向庞大凶恶、力大无穷的芬里斯狼刺去。激烈的战斗持续了很久很久,浑身被长矛刺得伤痕累累的芬里斯狼突然魔性大发,张开它的血盆大口将筋疲力尽的奥丁一口吞了下去。众神之主、九个世界的统治者奥丁就这样丧失了性命。

奥丁的儿子、亚萨神中的大力士维达尔,看见父亲被芬里斯狼吞吃了,立刻上前继续与芬里斯狼恶斗。维达尔趁着芬里斯狼张开巨口的时候,用万年玄铁铸就的铁鞋踏住狼的下颚,再用双手托住其上颚,用力向上顶去。恶狼的血盆大口被维达尔生生撕开变成了两半,恶狼倒地死去。

力量之神索尔和中间园魔蛇的战斗同样非常激烈。索尔挥舞着神锤密尔纳,与庞大的魔蛇战斗了无数回合。在漫长的战斗中,索尔不顾巨蛇持续放出的毒雾和毒液,靠近魔蛇从近处击打它。庞大的中间园魔蛇多处受伤,却仍用恶齿不断反扑。最后,索尔大喝一声,用尽全身力气一锤击向巨蛇脑部,魔蛇终于脑浆迸射,轰然倒地。但是,力量之神索尔因为在长时间的战斗中吸入了过多的毒气,也站不住脚跟倒退了几步,倒地身亡。

被称为"洛基的敌人"的希尔达姆,也在与洛基多个回合的搏斗以后,双双筋疲力尽而倒地死去,同归于尽。

以必死之心与邪恶力量战斗的亚萨众神陆陆续续地和敌人同归于尽了。火焰巨人苏特魔心大发,全身都发射出火焰,点燃了神国亚萨园,点燃了人类的大地,也点燃了宇宙树尤加特拉希。整个宇宙都落入一片火海之中,所有的九个世界都在火海中遭到毁灭。很长时间以后,大风从四面八方刮起来,渐渐吹熄了这毁灭世界的大火。整个世界满目疮痍,一片焦土和废墟。但是,总有生灵幸存着,没有被灭绝。整个宇宙在劫难以后,又逐渐开始呈现出了生机。

第三章　神之黄昏

小知识

　　巨狼芬里斯（Fenrir），北欧神话中的怪物之一，是亚萨园中的洛基与巨人国中一名生性极为怪异的女巨人生下的孩子，与它共同出生的还有一条蛇和一个古怪的女孩子。芬里斯在阿萨加德被养大，但是后来被诸神的锁链困住。直到最后"诸神的黄昏"时才逃了出来，并吞食了奥丁，然后它转而张口扑向奥丁的儿子——维达尔。但维达尔一脚抵住了芬里斯的下颚，又用两手撑住了它的上颚。恶斗之后，他终于将芬里斯撕为两半。

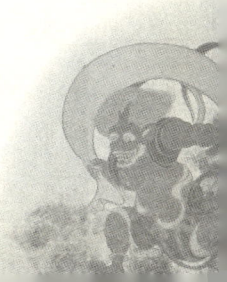

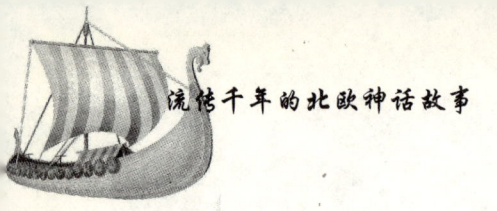

复仇之不可逆转的命运

奥丁和芙丽嘉的长子巴尔德尔是亚萨神的王子,他不仅高大健美,堪称最英俊的亚萨神,而且聪明友善、性情温良,为众神所称道。因为巴尔德尔是司光明的神祇,所以本身面容俊秀高贵,体态均匀优美的他全身还放射出一种无比美丽的光芒,以至于亚萨园中所有的神祇都非常热爱巴尔德尔,心甘情愿把最好的美酒和最美的赞颂都奉献给他。

众神之主奥丁和他的妻子芙丽嘉也十分钟爱巴尔德尔,无时无刻不在牵挂着这个备受众神赞赏的儿子。巴尔德尔在亚萨园中有一座富丽堂皇的宫殿,里面的装饰全是最珍贵的宝物。巴尔德尔还娶了美丽绝伦的纳娜做妻子,在亚萨园中过着幸福而快乐的日子。这样完美无缺的人生怕是做梦也笑得出来。但是,不知从何时开始,巴尔德尔接连几个夜晚的睡梦中充满不祥之兆,每每惊醒,心有余悸。巴尔德尔为此感到非常忧虑,逐渐变得精神不振,失去了往日光明之神的神采。

母亲芙丽嘉很快就知道了此事,进而晓谕了众神,聚集在奥丁的宏大宫殿里召开会议,共同商讨这一严重的事态。亚萨神们感到十分不安,众神之主奥丁甚至为此从内室请出了智慧巨人密密尔的脑袋。在会议上,具有智慧和神力的众神们经过讨论后,包括能够预见未来的奥丁、芙丽嘉和密密尔的脑袋,全部都无法完全破解巴尔德尔之梦的含意,但有一点是无可置疑的:大家一致认为这些噩梦预示着巴尔德尔在不久之后即有性命之忧。

众神之主奥丁为此感到惶恐不安,思忖再三后,他亲自骑上八蹄神骏,快马加鞭地前往由死亡的主人赫尔所统治的死亡之国,想向赫尔具体地了解威胁巴尔德尔生命的来源,进而解救巴尔德尔。当奥丁策马到达死亡之国之时,他找到赫尔宫殿的东大门,念动起了卢尼文字的咒语,具有神力的卢尼文字很快将死亡之主赫尔召了出来。半身靛蓝、半身鲜艳的赫尔满面流淌着鲜血,缓缓现身在奥丁面前。

奥丁赶忙询问赫尔:"我的儿子巴尔德尔最近一直噩梦不断,亚萨众神一致认为他性命堪忧,请给予我指示。"赫尔肯定了巴尔德尔的确会有忧患。奥丁心一下子就沉落了谷底:担忧的事情变成了事实,这真是不幸。他焦急地追问道:"究竟是谁想害我奥丁的儿子?"赫尔对奥丁说:"巴尔德尔将受害于他的一个兄弟,而后巴尔德尔的兄弟又将很快地为他复仇。""什么意思?请你说得清楚详细一点!"奥丁竭力想要了解得更清楚,只是事关宇宙间最大的一个事件,冥冥之中自有天意安排,赫尔无法把更多、更具体的预言告诉奥丁,因此她在回答奥丁的问题时闪烁其词,始终不肯给予明确的答案。问不出所以然的奥丁,只得闷闷不乐地回到了亚萨园中。早已等候在宫殿中的芙丽嘉一见到奥丁立即上前询问此行情况,在得知死亡之主赫尔肯定了巴尔德尔将遭受灾难的消息以后,她更为焦虑不安。为了保护爱子巴尔德尔不受丝毫伤害,众神之后芙丽嘉第一次使用了深藏不露的巨大力量。她亲自走遍了各个世界,拜访了所有地方的统治者和神明,请求他们帮助下达消息。由于芙丽嘉崇高的威望,天地万物无论是大地天空还是江河湖海,风暴还是冰雪,飞禽还是走兽,金属还是树木,自然界的一切物质都向芙丽嘉郑重立下了誓言,保证永不伤害巴尔德尔。就这样,巴尔德尔成了一个万物不能侵害的亚萨神,性命忧患自然也就迎刃而解了。

知道了这一消息的亚萨众神都感到欣喜万分,纷纷前来向巴尔德尔祝贺。胆大的亚萨神尝试着往巴尔德尔那万物不能侵害的身体上投掷各种东西,木条、石块、利器等。结果,果真如同世间万物所保证的那样,任何东西都丝毫不能够伤害巴尔德尔——他安然无恙。亚萨神们兴奋得手舞足蹈,竟然逐渐热衷于这一不可思议的现象起来了。

此后,当亚萨众神聚集在一起的时候,经常以向巴尔德尔投掷各种东西取乐,并且把它当成对巴尔德尔表达尊敬的一种方式。亚萨神通常把巴尔德尔围在中间,有用箭射他的、有用利刃刺他的、有用石头掷他的、有用锤子击他的,各式各样的都有。因为永无受伤的可能,性情无比温良的巴尔德尔也不介意让众神以此取乐。

就这样,所有的亚萨神都以为巴尔德尔消除了噩梦所预示的性命忧患,更何况这不伤之身还为众神增添了如此乐趣,大家由衷的高兴,亚萨园中又开始欢声笑语了。当然,除了日益显露出其恶魔本性的巨人之子洛基。也正是因为他,巴尔德尔最终还是无法逃脱这个不可逆转的死亡命运,使亚萨众神的努力付之一炬。

洛基的行为得归咎于他的三个孩子。自从亚萨园的众神想尽各种方法成功地处置了洛基的三个非常可怕的孩子——一条蛇、一匹狼和一个古怪的女孩子后,洛基便对众神产生了强烈的愤怒以及怨恨之情。他那恶魔的本性注定将在亚萨神的最后命运中与众神为敌,而此时也开始不断地显露出来。在众神将牢牢绑住的芬里斯狼弃置在亚萨园一角的孤岛,任凭它在孤岛终日哀号后,众神前往大海的主人安吉尔家中,参加一年一度的被称为"冬天的欢宴"的聚会。

那一日,除了力量之神索尔仍忙碌于在东边打击巨人外,其他所有的亚萨神都来到了安吉尔家中,当然也包括情绪十分恶劣的洛基。在九个女儿的帮助下,安吉尔早就在索尔之前,用从巨人休弥尔处夺来的巨锅中酿造了无数的美酒,供给亚萨园众神们开怀畅饮。安吉尔安排了两个仆人专门服务于众神的欢宴,他们非常得体地侍奉上各种金银的器皿、美酒、佳肴,博得了众神的交口称赞。憋了一肚子气的洛基听到众神都在夸奖这两个聪慧贴心的仆人,便有意与众神为敌,突然拔剑杀掉了其中的一个仆人。洛基的这一举动使众神感到非常难堪和愤怒,他们纷纷起身操起长矛,用雪亮锋利的矛尖逼退着洛基,将他赶出了宴会厅。

没过一会儿,厚颜无耻的洛基又进来了。众神已稍微平复了一点怒气,加上众神之主奥丁似乎还挺护着这位旧日的结义兄弟,大家便同意让洛基重新坐下喝酒。不料,众神刚同意洛基坐下后,他竟一屁股坐在中间,马上开始用极其难听的语句责骂在座各神。首先,洛基把矛头对准了刚才曾向众神提议拒绝让洛基再次进入宴会厅喝酒的诗神布拉基。洛基无情地攻击温文尔雅的诗神布拉基:"与所有坐在这里的神祇相比,你射箭羽最为懦弱,在所有战斗中都落后,哪里配得上称为亚萨神。"布拉基回应道:"如果现在我在外面,而不是坐在安吉尔家的宴会厅里,我的手臂会毫不犹豫地拧断你的颈脖,用没有尽头的痛苦来回答你这无耻的诽谤。"洛基恶狠狠地反驳道:"布拉基,你这无用的饰物,是个语言的巨人、行动的矮子罢了;如果你愤怒,无所畏惧地出去和一个英雄决斗给我瞧瞧啊!别只会在这里放空炮。"

听罢,布拉基的妻子伊登等都纷纷为布拉基辩护,气愤地指责洛基。洛基居然发了疯似的不顾一切地对所有的亚萨神恶言相向。洛基凭借着在亚萨园的老资格,以及爱四处游玩打听八卦的秉性,将声名显赫的众神的隐私历历数落,在大庭广众之下全给抖了出来。他口无遮拦地攻击了众神之主奥丁的女人腔和不公正、尼尔德和弗雷在华纳海姆时的乱伦关系、所有女神们包括众神之后芙丽嘉在内非常放荡和滥爱的私生活。这一下,洛基显然是彻底豁出去,疯狂而无所顾忌了。当力量之神索尔从东边巨人国回来,匆匆赶到安吉尔家中时,见到这副场景,想要上前打洛基。没想到,洛基一看见索尔,也不怕威胁被神锤打烂嘴巴,竟敢同样攻击说索尔在遇到庞然大物的巨人时,躲在巨人的手套里瑟瑟发抖。

最后,显然是以一敌众的洛基自觉无趣,闭上了他那胡说八道的嘴巴。那一年,安吉尔家中的众神的"冬天的欢宴"因此陷入相当尴尬的境地,最终不欢而散。从此以后，进一步了解了洛基丑恶本性的众神，显然都把他当成了异类。就这样，洛基在亚萨园中被彻底孤立了，再也没有人愿意理睬他，大家纷纷对他投以鄙夷的眼神。

一日，当众神又聚集在一起向巴尔德尔投掷各种东西取乐，并把这种行为当成对巴尔德尔表达尊敬的一种方式。遭到众神彻底冷落的洛基看在眼里，感到无比惆怅与愤恨。于是心胸狭窄的洛基，决定蓄意要与亚萨众神正式为敌。

洛基将自己装扮成了相当和善的妇人模样来到芙丽嘉的宫殿。妇人假装无知地问芙莉嘉："尊敬的芙莉嘉女神啊！那些亚萨神们为什么能向巴尔德尔投掷各种东西，却丝毫伤害不了他呢？老妇我可看得心惊肉跳啊！"芙丽嘉则耐心地向妇人解释了事情的来龙去脉："自然界的一切物质都已经向我保证了永不伤害巴尔德尔，他已经成为了一个万物不能侵害的亚萨神。"妇人假装出一副非常惊讶的样子，继而表情担忧："唉，这些调皮捣蛋的小鬼可不要无意伤害到巴尔德尔王子啊！有什么东西能伤害到他吗？我得去防范，看着点啊！"芙丽嘉毫无防备地回答道："是哦，在瓦尔哈尔宫西边有一种被称为槲寄生的小灌木，因为还非常幼小，所以并没有起誓。"这正是装扮成妇人的洛基所需要得到的资讯。兴高采烈的洛基强压内心的喜悦，平静地告别芙丽嘉。离开芙丽嘉的宫殿之后，洛基立刻来到瓦尔哈尔宫的西边，找到了所谓的槲寄生。他拔起了一棵小灌木，用它做成了一支坚硬的木箭。等到众神又一次聚集在一起将巴尔德尔围在中间，向他射箭和丢石头的时候，洛基带着这支槲寄生制成的木箭来到了这里。

洛基环顾四周，看到巴尔德尔的盲眼兄弟霍德尔远远地站在一边，便心生一计。洛基走上前去，对霍德尔说："你为什么不与众神一同参与这样有趣的游戏呢？"霍德尔回应说："我既是盲目之人，自然也看不见巴尔德尔在哪里，再说我手中也空无一物，怎么可能参加这投掷之游戏。"于是，洛基就假惺惺地对老实的霍德尔说："你一定得体会一番乐趣啊！来，我诚挚地邀请你帮助我参加这既有趣、又能表达对巴尔德尔尊敬的游戏。"说完，洛基为霍德尔把好方向，将槲寄生木箭搭上了硬弓，向巴尔德尔一箭射去。正在嬉闹中的众神完全没注意到向巴尔德尔射来的这一箭。结果,这支用槲寄生制成的木箭贯胸射穿了巴尔德尔的身体。

　　亚萨园中最受众神欢迎的王子巴尔德尔当众倒地身亡,众神都被这一突然的变故惊吓得目瞪口呆,随即陷入了无限的悲伤和痛苦之中。每个亚萨神都默默无言地对望着,眼神中满是彼此沉痛的心情,他们悲痛得连嗓子也发不出声音。壮丽广大的亚萨园顿时陷于一片肃穆之中,无数乌鸦从亚萨园扑腾飞出,向九个世界宣告这不幸的噩耗。巴尔德尔的死亡是一种不可逆转的命运,是已成为恶魔的洛基蓄意谋害的结果,也是亚萨园的重大损失。

小知识

　　布拉基(Bragi),在亚萨神中被称为诗神,一说为智慧、诗词、雄辩之神,是奥丁的儿子。他经常作诗颂扬伟大的人物和勇士。其妻伊登也是阿斯加尔德的一位女神。她有一个宝盒,盒内存放着青春的金苹果。众神到了老年,只要尝一尝金苹果,便可以返老还童。在斯堪的纳维亚的祭祀筵席上,宾客们常用奉献给诗神布拉基的牛角作为酒杯,开怀畅饮。他发誓要建立功勋,在诗篇中永垂不朽。

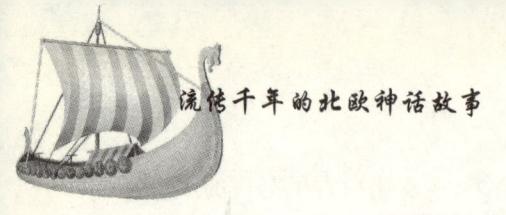

无法挽回的生命

亚萨园中最受众神欢迎的王子巴尔德尔死以后,众神都长久地陷入悲伤沉痛中无法自拔。巨大的悲伤之余,众神之后芙丽嘉在伟大的慈母之心驱使之下,决意要坚强勇敢地把巴尔德尔从死神手中夺回来。

等到众神情绪稍稍稳定之后,芙丽嘉便把大家召集在一起,商议夺回巴尔德尔之事。芙丽嘉想在众神中征求一位仁义之士前往死亡之国,以赠与亚萨园最珍贵的宝物为条件,与死亡之主赫尔协商,请求能够让巴尔德尔生还亚萨园。未等亚萨众神开口,奥丁其中一个儿子赫尔莫德便毛遂自荐,表示愿意前往赫尔的死亡之国换回兄弟的性命。奥丁和芙丽嘉都赞扬赫尔莫德的忠诚勇敢,还将神马斯雷普尼尔赐予赫尔莫德为坐骑,以帮助他尽快到达死亡国。领命的赫尔莫德备好行李后,立即日夜兼程赶往死亡之国。

赫尔莫德出发以后，众神开始着手准备处理巴尔德尔的尸体，每日虔诚地祈祷他能早日从死亡之国生还亚萨园。几日后，亚萨园众神为巴尔德尔举行了一场盛大的火葬仪式。首先，亚萨神为巴尔德尔准备了一艘巨大的船只，清理得干干净净，并将它从头至尾全部用奇珍异宝装饰起来，搁置在亚萨园的岸边上。然后，亚萨神为巴尔德尔沐浴净身后，换上了一整套华丽的服饰，将他平稳地放置在船上。最后，就是等待将装载着巴尔德尔的船只推向水中，点燃焚烧。奇怪的是，当仪式正式开始时，所有的亚萨神包括力量之神索尔一起用力，都无法推动这艘巨船下水，它非常不给面子地纹丝未动。

众神之主奥丁只得派遣仆人从巨人国请来了一位惯于推船下水的女巨人。没多久，这位面目狰狞的女巨人骑着一头凶恶的巨狼来到岸边，她只伸出一根手指轻轻触碰了一下巨大的火葬船，船便轰然下水了。在这个耀武扬威的女巨人不屑一顾的举动下，巨船在入水的过程中颠簸得十分剧烈，巴尔德尔遗体上的饰物都被颠了一些出来，还震得整个大地都为之撼动了。这令一旁的力量之神索尔感到非常愤怒，举起神锤意欲击毙这个可恶的女巨人。其他的亚萨神即时劝阻："今日杀人见红会令巴尔德尔无法安眠的。"幸亏劝阻理由妥当实在，索尔才缓缓放下了神锤。

奥丁的儿子巴尔德尔不仅受到亚萨园众神的衷心爱戴，而且在其他几个世界中也享有崇高的声望。因此，除了所有的亚萨神之外，还有许多成名的精灵、巨人、侏儒不远千里地前来参加巴尔德尔的葬礼，悼念巴尔德尔的死亡。众神之主奥丁肃穆地站在沉寂的神祇、精灵、巨人、侏儒中间，注视着这标志亚萨园厄运开端的葬礼。

巨船下水以后，众神在船上点起了火，他们用这种世界上最无情的东西葬送他们心中爱戴的王子巴尔德尔。火焰瞬间吞噬掉巴尔德尔那伟岸的躯体，他的妻子纳娜女神在岸上哭得肝肠寸断。无比强烈的悲痛袭来，竟使她遽然倒地而亡。在巨大的悲伤之中，亚萨神把他们尊敬的纳娜女神也放置在船上，让妻子纳娜与丈夫巴尔德尔同行。

看着这令人心碎的一幕，性情豪迈的力量之神索尔无法抑制内心的痛苦,他飞起一脚竟将身边的一个侏儒踢到了熊熊燃烧的巨船上。沉痛的奥丁默默地将侏儒伊凡尔第的儿子们送给他的宝物,那每隔九个晚上就能生出另外八只的金手镯放置到了船上,聊以伴送他心爱的儿子一程。

赫尔莫德骑着神骏斯雷普尼尔日夜兼程地奔驰了九天九夜,终于看到了不远处冥河上那金光闪闪的冥桥。在冥桥对岸,赫尔莫德遇到了冥国的守卫者——死亡使者。在赫尔莫德表明来意后,死亡使者告诉他,在他守卫冥桥的这一天中,总共有五批死者跨过冥桥进入了赫尔的死亡宫殿。这五批死者中,有一位恰恰就是亚萨园的神祇巴尔德尔,相信他直接可以进入死亡宫殿寻找,而不必在此等候了。赫尔莫德谢过热心的死亡使者,驱马进入死亡宫殿之中。

在死亡宫殿里,赫尔莫德没多久就打听到了巴尔德尔王子和他的妻子纳娜的住所。因为,死亡之主赫尔将他们俩另眼相待,将他们安置在了一个豪华舒适的房子里。赫尔莫德很快就找到了巴尔德尔王子的住所。巴尔德尔看到兄弟赫尔莫德来了,惊喜万分。他拉着赫尔莫德的手,眼泪直淌,半晌说不出话来。赫尔莫德先开口向巴尔德尔叙了一番离别之情,告诉他整个亚萨园因为他的去世而悲痛欲绝,自己此番前来就是为了能够换回他的生命,让他重返亚萨园。解释完一切的赫尔莫德不容片刻耽搁,立即前往赫尔署事的大殿里,代表众神之主奥丁要求拜见死亡之主赫尔。半身靛蓝、半身鲜艳的赫尔缓缓现身。赫尔莫德赶紧请求道:"我代表亚萨园的全体亚萨神,请求您能够让巴尔德尔王子生还。"赫尔理然一口回绝了赫尔莫德:"自古人死不能复生,我怎可为巴尔德尔开这个先河。"赫尔莫德并不放弃,他一直潸然泪下地叙述着亚萨园中一片悲惨的景象,众亚萨神都在为巴尔德尔的去世而痛哭流涕。终于,赫尔被打动了,她同意让巴尔德尔王子生还亚萨园。破涕为笑的赫尔莫德马上赠予赫尔亚萨园最珍贵的宝物,迫不及待地转身,想跑去带巴尔德尔回亚萨园。"慢着!"赫尔拦住了赫尔莫德,"我不要这所谓的宝物,我提个条件:如果所有九个世界的一切生灵都为巴尔德尔哭泣,我就可以让巴尔德尔生还亚萨园;而如果有任何一种生灵不愿为巴尔德尔的死亡而哭泣的话,我就要将巴尔德尔留在这万劫不复的死亡之国中。"

赫尔莫德记着赫尔的条件,准备赶紧起身回亚萨园复命。当然,赫尔莫德没忘记向巴尔德尔和纳娜告别,交代他们耐心等待,静候佳音。这一次,巴尔德尔拿出了那只神奇的金手镯,让赫尔莫德带给奥丁,作为他们已经见面的信物;纳娜拿出一块手绢和其他一些小礼物,让赫尔莫德带给芙莉嘉,作为他们已经见面的信物。

赫尔莫德快马加鞭赶回亚萨园后,向众神描述了他在死亡之国的所见所闻,最重要的是转达了赫尔的条件。众神讨论以后,立即向九个世界的各个地方都派出了使者,通知一切生灵务必为了巴尔德尔能够生还而悲伤哭泣。由于亚萨神的崇高威望,特别是巴尔德尔这位深受天地万物爱戴的神祇的影响力,天地之间的一切生灵,不仅神祇、精灵、人类、巨人、侏儒,连泥土、石头、树木、金属也在心甘情愿地为巴尔德尔流泪哭泣。整个天地之间,犹如经历了一场持续许久的暴雨,到处都是湿润流淌的泪水。

之前,本性毕露的洛基在卑鄙地谋害了巴尔德尔以后,趁众神沉浸在极度惊愕的时候逃出了亚萨园,躲藏了起来。当他听说赫尔莫德带回了可以救巴尔德尔王子的方法,而世界万物都如亚萨神所愿在为巴尔德尔哭泣的时候,不由怒火中烧:绝对不能让之前的努力白费!洛基绞尽脑汁想出了一个办法,意欲恶毒地破坏巴尔德尔王子的归来之路。他装扮成一个苍老的女巨人模样,坐在亚萨神派出的使者的必经道路上等待。

当亚萨园的使者们完成任务,高兴地返回亚萨园。路途中,他们看到由洛基装扮的女巨人坐在路边时,便上前请她也为巴尔德尔的生还而哭泣。不料,这个丑恶的老妇开口说道:"我的眼泪早已干枯,岂能再流给巴尔德尔;无论是死是活,我从不曾得到过他的好处,就让赫尔把他留在那里吧!"正因为这个由洛基装扮成的苍老女巨人拒绝哭泣,天地之间存在了一种不愿为巴尔德尔的死亡而哭泣的生灵,巴尔德尔再也无法生还亚萨园了,他只能留在黑暗阴冷的死亡之国中,历经万劫而不复为神。呜呼悲哉!亚萨神的努力功亏一篑。

小知识

赫尔莫德(Hermod),是奥丁的儿子,善飞行,因此成为奥丁的特别侍从,专事跑腿的工作。他是诸神的使者,职责管众神送信的事。平时他出门送信时则带一杖,名为加姆班泰因,作为他的职务的标记。他虽是文职的"行官",可是也喜欢战争,常常和瓦尔基丽们到战场上拣选战死的勇士带到瓦尔哈拉宫中。奥丁的无敌之矛冈格尼尔常由他带着,他也是除奥丁之外,唯一能驾驭那八足天马史莱普尼尔的神。遇到打仗的时候,他就穿戴起奥丁赐予的盔甲。

天网恢恢，疏而不漏

当得知巴尔德尔再也无法生还亚萨园，只能留在黑暗阴冷的死亡之国中历经万劫而不复为神的消息后，亚萨众神都无比沉痛。亚萨园中终日有神祇在哭泣悼念亡灵。这种弥漫在整个亚萨园上空的悲伤之情，很快就凝结成了巨大的力量，转而被一种激愤和暴怒之情所取代。亚萨神每日都聚集在一起，商讨着如何将谋害巴尔德尔的元凶洛基抓来严惩不贷。这个抓捕行为集结了所有的亚萨神，它凝聚起来的力量着实大得惊人。

干尽这么多坏事的洛基自知罪孽深重，此次行为更是使自己成为众矢之的。普天之下，哪还会有人愿意帮助他？他逃到一个相当偏僻遥远的地方，小心翼翼地躲藏了起来。在藏身之处的山崖中，洛基找到了一块位置良好的巨石。他日夜赶工，用它精心打造了一座四面有门的石头房子。这样，一旦出现危险，洛基就能随时随地往四个方向逃命，存活的机会会大些。而且，蜗居在石头房子里尚且能够让自己舒展四肢休憩一下；出了石头房子,洛基就得立即把自己变成一条鲑鱼,躲在附近一道水流大、水声响的瀑布之下。害怕被抓住的洛基即使变成鱼,也会时刻揣度众神会用何种方法捕捉他。他时时刻刻警惕地眼观四路、耳听八方,防备着任何风吹草动。停留在岸上的时候,洛基通常会坐在一堆火面前,把许多丝线按一定规律编织起来,借以消磨无聊时光。自此,世界上出现了捕鱼用的网。

为了最快找寻到洛基这个罪魁祸首,众神之主奥丁登上了神奇的御座,极目向九个世界的各个角落观察搜索。奥丁的独目每日都扫过高山丛林、鸟兽虫鱼,渴望找寻到蛛丝马迹。皇天不负有心人,奥丁终于在洛基藏身的瀑布附近发现了他的踪迹。

发现了洛基藏身之处后,众神立即整装齐备,浩浩荡荡地出发前去捉拿这个众矢之的。整个亚萨神的队伍是如此浩荡、惊天动地。当众神团结一致地逼近洛基住处的时候,他正如往常一样在火堆边编织渔网。天生敏锐的洛基发现四周情况有异动,知道心中演练了上万遍的逃生之路即将开始了。仓促之中,他将渔网往火堆上一扔,立即变成了鲑鱼,跃入住处旁的河水中躲藏起来。众亚萨神到达洛基四面有门的石头房子后,发现里面空无一人,想必他已逃之夭夭。沮丧但不甘心的众神仔细观察房子四周的情况,生怕漏掉一点线索。一个聪明的亚萨神从洛基刚扔在火中燃烧了一半的渔网推断出洛基可能离开不久。这里方圆几里地早已被亚萨神包围得水泄不通,洛基插翅也难逃,肯定没跑远,所以他极有可能就躲藏在这附近的水中。这位亚萨神提议众神仿照火中渔网的样子一同来编织一张巨网,下水捕捞洛基。

在众神齐心协力的努力之下,巨网很快就编织好了,大家一起把它撒到了河中。力量之神索尔拉住巨网的一端,其他亚萨神拉住另一端,众神一同沿着河流往下游方向兜去。变成鲑鱼的洛基躲藏在河中等了半天也不见亚萨神离开,依稀听到岸边还有窸窸窣窣的脚步声,不由有些纳闷。这时,洛基看见一张巨网兜来,反应过来这是亚萨神来捕捉他了,吓得立即游到了渔网的前面。可是,洛基游一米,巨网跟一米,一直紧追不舍,这样追逐下去也不是办法。在游到河底的两块石头中间时,洛基眼前一亮,狡猾地躲在了中间的缝隙里。这样,巨网兜过来时便从洛基的头上掠了过去。但是,洛基没能如愿以偿。大智大勇的亚萨神们在这一瞬间察觉到有活物漏过了网底,马上重新跑回上游,再次撒网捕捉。

这一次,众神在巨网下面挂坠上了许多重物,使得巨网能够紧贴河底。果然,洛基没办法再像刚才那样躲在夹缝中逃避过去了,他只能被巨网驱赶着往下游快速游去。这样的追逐持续了一段时间后,洛基就被逼到了入海口。眼看就要落入大海,性命攸关,洛基从水中一跃而起,从巨网上面跳跃了过去,奋力向上游游去。当然,他的身形瞬间完全暴露在众亚萨神的眼中了。众神怒吼着,有的操起手边之物砸向洛基,有的快速扑上前去捕捉。可惜的是,洛基溜得飞快,转眼就消失在上游了。

亚萨神不泄气地第三次跑回上游,自上而下用巨网捕捉洛基。为了不让他再次逃脱,众神变换队形,改由索尔紧跟巨网涉水走在河中,其他众神则分成两队,分别扯住网的两端。这样,当众神再次将洛基赶到入海口,洛基又一次跃出水面意欲跳过网游回上游的时候,早已等候在巨网后方的索尔眼疾手快,一把抓住了这条鲑鱼。鲑鱼之纵,其势也猛,它凭借滑溜的身体滑出一段距离,导致索尔只抓住了尾部。担心鲑鱼顺势滑走的索尔用神力一握,竟把鲑鱼的尾部捏得又细又长,再也挣脱不得,这也正是如今见到的鲑鱼都有一条细长尾巴的原因。天网恢恢,疏而不漏。这一次,恶贯满盈的洛基好不容易被抓获之后,再也没有一位亚萨神会听他的狡辩之词了。

亚萨众神怎么可能简单地处死洛基? 他们发誓绝对要让他生不如死。众神绑着洛基来到一个阴暗潮湿的山洞中,他们在石洞口找到了三块巨石,并在三块巨石上各钻了一个洞。众神把洛基与女巨人奥尔布达生的两个孩子撕成了碎片,用他们的肠子将洛基结结实实地绑在穿了洞的三块巨石上。众神还用神术把洛基的双脚变成了铁块,牢牢地熔铸在了中间的一块巨石上。遵照亚萨众神的命令,惯于行走深山丛林、与各种野兽为伍的尼尔德的妻子丝卡蒂毫不费力地抓来了一条剧毒的大蛇,悬于山洞中的巨石上。这条剧毒的大蛇不时地往洛基的面孔上滴下毒液,腐蚀着他的皮肤。在做完这一切后,总算为巴尔德尔报仇雪恨的众神扬长而去,再也不管洛基的死活。

洛基善良的妻子西格恩不忍目睹这一惨状，拿着碗为洛基接住每分每秒滴下的毒液。但是，每当毒液滴满一碗，西格恩不得不去倒掉的时候，就会有一些毒液在这个空儿滴落在洛基的脸上。洛基被剧毒的蛇液折磨得痛苦不已，他那剧烈的痉挛与扭动使得大地都为之震颤。这种震颤，在人间被称为地震。不过好在恶人终有恶报。

小知识

巴尔德尔（Balder），古斯堪的纳维亚神话中，主神奥丁和他的妻子芙丽嘉所生的正直和英俊的儿子，是光明之神。他才貌出众，满面春风。当他微笑的时候，人们都感到无比喜悦。除了槲寄生外，没有东西能伤害得了他。诸神知道他不会受伤，常向他丢东西以寻开心。双目失明的黑暗之神霍尔德尔受到邪恶的洛基的欺骗，把槲寄生投向他，将他射死。

命运掌握在谁的手中?

北欧神话里的命运女神统称为诺恩。诺恩既不是诸神的隶属,也不是诸神的同僚,她们的判决就连亚萨神也必须要服从。可以说,诺恩决定了诸神的命运,也决定了人类的命运。

事实上,命运女神诺恩是姐妹三个,或许是原始巨人诺尔维的后代,也或许是女神诺夜的平辈。诺恩三姐妹定居在诸神天天举行会议的地方——乌尔达泉边以及大梣树伊格德拉修旁。她们每天在树根上壅培新土,从乌尔达泉中汲水浇灌生命之树伊格德拉修,使这颗圣树永远保持翠绿和生机。她们顺便帮助伊登看守那些挂在生命之树枝头的青春苹果,防止别人偷窃。当罪恶渐渐肆意蔓延在宇宙之中,诸神的黄金时代告终,甚至连诸神的国度亚瑟加德也将不能幸免的时候,她们的职责是还原过去的全部历史,以未来的罪恶警告诸神,告诫每位神祇

珍惜现在时光。

诺恩三姐妹名为兀尔德、贝露丹迪、诗蔻迪,分别代表了过去、现在、未来这三种时间。因为诺恩三姐妹代表了时间的三种状态,所以长姐兀尔德是老而衰颓,常常回顾过去,似乎对过去的人或事念念不忘;二姐贝露丹迪正当盛年,目光直向前方,浑身散发出青春、活泼、勇敢的气息;至于小妹诗蔻迪,通常喜爱隐秘地躲在面纱后,不以真相示人,脸向着的方向正好和兀尔德相反,她手里时常拿一本合着的书或一卷纸,却从不张开翻看,神秘莫测,以表示未来是神秘不可知的。每天,前来乌尔达泉集会的诸神都会找这三姐妹谈话,向她们请教各式各样的问题,期望能够得到她们的指点。甚至连众神之主奥丁也时常亲自到沃达尔泉边听取诺恩三姐妹的忠告。除了诸神请教自己的命运问题以外,她们对神祇的疑惑还是有问必答的。

作为命运女神,诺恩三姐妹的主要任务是编织命运之网。她们有时可以编织出很大的命运之网,一端起于极东的高山,另一端则入于极西的西海。命运之网的线颜色不尽相同,如果有一条自南而北方向的黑线,那就是死丧的标记。诺恩三姐妹投梭织造命运之网的时候,一般都会吟唱一首庄严的歌,似乎她们是盲目地在遵从、执行着宇宙间的永在律,蕴藏最古老且最高的力量的"万物之主宰"的意志。三姐妹中的兀尔德和贝露丹迪是脾性温婉的人,诗蔻迪的脾气却不是很好,她时常把即将完成的网撕得粉碎,抛到空中随风飘散。这使得世界上出现许多前后矛盾的事情,有的人时而糊涂、时而聪明、时而勇敢无畏、时而又胆小如鼠像缩头乌龟,有的才多而命短,有的无才而长寿,有的善恶随心……令人不解困惑的现象层出不穷。

和诺恩们有关的传说很多,以诺恩纳格斯塔的故事最为有名。这故事的梗概略如下述:

有一次,诺恩三姐妹游历到丹麦,正巧碰上了一个贵族家庭的女主人生产,这是女主人的头一胎,因而没什么经验的全家上下乱成了锅上的蚂蚁。诺恩三姐妹走进这户贵族之家,不理会旁人的呼喊,径直踏入产妇的卧房。在接生婆的指导下,产妇深深地一呼一吸,使尽全身力气,累得大汗淋漓。

第三章 神之黄昏

没过多久,伴随着第一声嘹亮的啼哭,婴儿顺利诞生了。诺恩三姐妹开心地轮番抱起了初生婴儿。小家伙很快就睡着了,小脸圆嘟嘟粉嫩粉嫩的,小嘴还吐着口水泡泡,逗乐了诺恩三姐妹。命运女神诺恩三姐妹开始预言了。老大兀尔德首先许诺道,初生婴儿将英俊而勇敢,成为少女青睐的白马王子。老二贝露丹迪许诺这孩子长大后将成为大富人和大诗人,兼具文采和财富。这时,贵族的邻人们已闻命运女神在此预祝婴儿的奇迹,蜂拥而至,挤满了整个房间。还未来得及发言的老三诗蔻迪竟硬生生地被人粗暴地推下了坐椅,挤倒在地上,还被臭脚践踏了几下。诗蔻迪愤怒地爬起来,拍拍灰尘说道:"我的两个姐姐的慷慨许诺是徒然的,因为你们的无礼,我将许诺这新生婴儿的生命只与床前的小蜡烛一样长。"

床前的那根小蜡烛已点了许久,早已燃烧过半,眼看不多时便会燃尽。产妇一把抱过可爱的婴儿,扑通一下就给诗蔻迪跪下了:"求求你行行好收回许诺,救救我的孩子吧!他还这么小,还没来得及睁眼好好看看这个世界!你怎么忍心就这样剥夺了他生存的权力!"婴儿的母亲潸然泪下,在场的人无不心碎动容。但诗蔻迪只是淡淡地说:"诺言怎可反悔,你们这样不尊重他人,理应受到惩罚,就让这无罪的孩子不公平地代你们受过吧!让你们内疚不安一辈子。"老大兀尔德也不愿意眼睁睁地看着这么可爱的小生命瞬间消逝,自己许诺的美好愿景还未等实现就这样被抹杀了,但自己又没有能力将妹妹说过的话收回,究竟该怎么办呢?盯着小蜡烛的兀尔德突然想到一个相对妥当的解决方法。她让老二贝露丹迪带着老三诗蔻迪先行离开,然后将即将燃烧完的小蜡烛吹熄,递给婴儿母亲,吩咐她好生珍藏着:"只要你不点燃这节蜡烛,它就不会燃烧完,那你孩子的性命就可保全。等到将来有一天你的儿子厌倦生活了,再取出来点燃它,让最后的生命之光流逝。"婴儿母亲一个劲地感谢兀尔德的救命之恩。兀尔德回绝了贵族家人塞来的金银财宝,就此别过,去追寻二妹和三妹了。

为了纪念诺恩三姐妹们,这个孩子就取名为诺恩纳格斯塔。孩子的母亲谨慎珍藏着那关乎儿子性命的半截短烛。诺恩纳格斯塔在贵族家庭的呵护培养下茁壮成长。正如兀尔德所许诺的一样,诺恩纳格斯塔样貌英俊潇洒、器宇不凡，性格勇敢无畏、胆大心细。正如贝露丹迪所许诺的一样，诺恩纳格斯塔富甲一方，家道这几年在他的经营下愈加殷实富裕起来。他也不是一个土财主，而是个吟诗成章的大诗人，满腹经纶、才高八斗。每个美好的祝愿都如诺恩们所言，一一实现。长大成人后，母亲乃将这段故事仔仔细细地告诉了诺恩纳格斯塔，还将攸关生命的残烛交给他亲自保管，帮助藏匿于他的贴身之物琴中。

时光流逝，诺恩纳格斯塔渐渐变老了，但他一点也不厌倦生活。他的诗人之心常葆青春，活力无限。诺恩纳格斯活了整整三百多年，直到奥拉夫国王强迫人民信奉基督教的时候，子孙满堂的他依旧没有厌倦生活、失去生存的兴趣。奥拉夫也强迫这位年迈的老人受到天主的洗礼，信奉基督教。为了向广大民众证明命运女神诺恩三姐妹的预言并不足以置信，而应该改信基督教，奥拉夫强迫诺恩纳格斯塔取出珍藏了整整三百多年的残烛来燃烧。可惜的是，命运女神的话坚不可摧。短烛很快就燃烧完了，燃尽之时，三百多岁的诺恩纳格斯塔也倒在地上死了。由此可见，即使在基督教盛行的时代，命运的权力也还是不可动摇的。

诺恩们有时亦被称为伐拉或女预言者。在北欧人看来，只有女人才拥有"预言"这种神秘的能力。伐拉们的预言有着至高无上的权力，且不能询问其缘由。这些女预言者大都住在森林里或古墓中，常伴随着侵略的军队。她们骑马在先，鼓励战士们冲锋，并从俘虏身上吸取血液。北欧人相信每个活人都必有一个守护灵相伴终生。这守护灵或为人形，或为兽形，只有在将死之时，才会看见自己守护灵的模样。

相传奥古斯都皇帝的小儿子罗马大将德路苏斯曾遇到一个伐拉，被告之其不可渡过莱茵河，否则会有不顺之事发生。后来，渡过莱茵河战斗的德路苏斯果然遭遇到了敌军凶猛的反攻而惨败落跑。伐拉还曾预言德路苏斯的死期，不久之后他果然在预言的死期下堕马而死。

诺恩们的寓意是很明显的，但是有些神话学者仍将诺恩视为原始人对自然现象的解释。他们认为诺恩们是空气的象征，她们所织的命运之网是云，撕破的网则化为被风吹散的云。有些传说认为，诺恩们中的小妹诗蔻迪是死神或冥王赫尔的化身,又有一说则称诗蔻迪实际上也是女武神之一。

小知识

命运女神,北欧神话中命运女神诸诺恩是为总称,所谓诺恩斯,并非亚瑟加德诸神的隶属,也不是诸神的同僚。她们对命运的判词是诸神也必须服从的。她们决定了神的命运,也决定了人类的命运。希腊神话中摩伊拉(Moirai)是命运三女神的总称,是宙斯(Zeus)和正义女神忒弥斯(Themis)的女儿,这三位掌管万物命运的女神分别是:克罗托(Clotho)、拉切西斯(Lachésis)、阿特洛波斯(Atropos)。

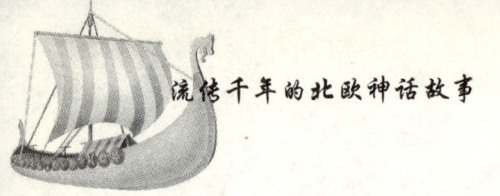

利里尔的复仇

伏尔松格传说始于众神之主奥丁其中的一个儿子——希吉。他作为亚萨神首领之一,掌握有威严的权力,受人尊敬。然而好景不长,有一次,希吉与朋友结伴去野外打猎。结果,因为妒忌对方射杀的猎物数量比自己多了一倍之多,希吉竟趁其不备杀害了朋友,将其埋尸野外。没过多久,希吉就因为这件丑事败露而被驱逐出了本土亚萨园。

这也是无奈之举。对方家人赶来亚萨园叫嚣着王子犯法与庶民同罪,让奥丁交出希吉,给予其应有的惩罚。奥丁只好当着众人的面,表示与希吉正式脱离父子关系,将他毫不留情地赶出了亚萨园。不过,希吉毕竟是奥丁的亲生儿子,奥丁怎会舍得就这样任由儿子自生自灭。奥丁暗地里给了希吉一条设施齐全的船以及船上百来名骁勇善战的士兵。

第三章　神之黄昏

希吉得到了奥丁的帮助，加上自身的努力，战无不胜、攻无不克，最后征服了广阔的土地，成为匈奴帝国的皇帝，拥有很大的权力以及崇高的地位。已被驱逐出亚萨园的希吉自然不可能像亚萨神一样服食青春苹果，他一天天地老去。直到年纪很大的时候，奥丁的眷顾才离开了希吉，他很快就被觊觎王位的妻属的亲戚用阴险的计策所谋害了。

很可惜，他们的阴谋没有达成。正好希吉的儿子利里尔远征归来，顺利继承了大位。利里尔上任的第一件事就是为父亲希吉报仇。利里尔是一个勤政爱民的好皇帝，他在位的期间里国泰民安。可惜的是，利里尔没有儿子，将来子嗣继任大统之事恐怕有麻烦。后来，他的虔诚祈祷打动了诸神之后芙丽嘉，她派侍女盖娜赐给利里尔一个苹果。

傍晚，习惯于在山边散步的利里尔，突然看到天空中掉下来一颗苹果，并准确无误地落入他手中。利里尔呆立半晌，领悟到此苹果乃是天神赐嗣子之意。于是，利里尔持着苹果，欣然回到家中与妻子分而食之。没过多久，妻子果然诞下一子，长得眉清目秀，取名为伏尔松格。不久，利里尔夫妇去世，还在襁褓之中的婴儿伏尔松格成为了国王。

伏尔松格逐渐长大。他在位期间，国家比之前更为富强。伏尔松格着实是一位雄才大略的君主，麾下勇士无数，素来所向披靡。布兰斯托克橡树扎根于伏尔松格的大殿中央，直贯屋顶，笼罩了整座宫廷。所有勇士都喜爱在大橡树布兰斯托克底下分享皇家的食物。

转眼间，已至中年的伏尔松格生有十个儿子，第十一个迎来的是光耀了家族的女儿希格妮。希格妮到了待字之年，艳名早已声噪远近。慕名前来求婚的人络绎不绝，其中就有哥特国王希吉尔。最后，希吉尔得到了希格妮父亲伏尔松格的许可。自古婚姻都是父母之命，尽管希格妮不认识希吉尔是谁，但还是得遵从父亲命令嫁给他了。

到了结婚那天，从未见过这位求婚者的希格妮终于亲眼看见了新郎希吉尔。可惜的是，他看起来远不像哥哥们那样器宇轩昂、一表人才，反而是如此的猥琐凡庸。希格妮感到非常不高兴，暗自责怪父亲眼光太差。可是，为了家族的体面，希格妮只得勉强成婚。她这种沮丧的心情，恐怕只有细心的十

哥希格蒙德知道。

婚宴刚吃到一半,忽然来了一位不速之客。来人只有一只眼睛,身材很高大,披了一件云蓝色的大袍。他完全不看喧闹的人群,径直走到布兰斯托克橡树面前,拔出一把利剑,深深砍入粗壮的树干上。然后,他慢慢地转过身来,对着早已目瞪口呆的众人说:"谁能拔出此剑,就将无敌于天下。"说完,这位不速之客就消失得无影无踪。众宾客反应过来,这正是众神之主奥丁大神亲自前来给后裔的指示吧!

伏尔松格请在座的人到布兰斯托克橡树面前试拔这把剑。第一个被邀请的自然是今天的主角——新郎希吉尔。希吉尔用尽平生所有的力气,也无法将宝剑拔出丝毫。第二个尝试的人是伏尔松格自己,但也没有成功。伏尔松格的前九个王子也都一一去拔剑,但宝剑还是牢牢地嵌在橡树中不肯出来。于是,轮到第十位王子,最年少的希格蒙德。没想到,他走上前去轻轻松松地就将剑拔了出来,仿佛剑只是套在鞘子里一般。

在场所有的人都庆贺这位年少王子的成功,只有新郎希吉尔内心充满了妒忌。他向希格蒙德索要这把神赐的宝剑,但被希格蒙德一口拒绝了。希吉尔觉得面子挂不住,立即下定决心要谋害伏尔松格一族,夺取这把神剑。

希吉尔假惺惺地热情邀请伏尔松格和他的十个儿子一个月后到他的国家游玩,伏尔松格欣然允诺。希格妮早猜到心胸狭窄的希吉尔有所阴谋,便趁着丈夫睡着后,悄悄地跑去警告父亲,劝诫他不要答应希吉尔的邀请去他的国家。但伏尔松格认为已答应的事情就绝不能失信,拒绝了希格妮的好意提醒。

度过了蜜月后,这一对新人启程前往哥特国了。一个月后,伏尔松格应约带着十个儿子乘着船到达了哥特国境的海岸。希格妮早已派眼线守望在海岸边,一见到家里人的船,就飞快地跑出宫殿,告诫父兄不可上岸,前方已有埋伏。但是伏尔松格家族的人勇敢无畏,怎会因为害怕就退缩。他们安慰了希格妮一番,催促她赶紧回宫,就带了兵器上岸了。

果然,伏尔松格家族的人在半路上就遇到大批的伏兵。伏尔松格一族虽然骁勇善战,但终究寡不敌众,老伏尔松格战死,十个王子都被活捉。卑怯的

第三章　神之黄昏

希吉尔并没在战场上露面，现在却高坐着审问这十个王子。

他夺取了希格蒙德的神剑之后，便要将十个王子全部处死。希格妮苦苦哀求，却也不能救她哥哥们的性命，只得以死相逼。希吉尔回应道："看在你的面子上，我就不直接用剑了结他们的性命。就将他们绑缚在森林中，他们会被饿死还是被野兽咬死，一切都听天由命吧！"希吉尔恐怕希格妮会私下偷偷帮助她的哥哥们逃走，于是就将她囚禁在宫中，监视其一举一动。

每天早晨，希吉尔都会派人到森林中去看看伏尔松格的十个王子是否还苟延残喘着。因为夜晚总会有一条狼跑到森林中吃下一个伏尔松格王子，只留下一堆白骨头；所以仆人们每天的回报都是又死了一个王子。直到十个王子中只剩下希格蒙德还活着的时候，希格妮终于想出了一个计策。她命令仆人偷偷潜入森林，将蜜糖涂满了希格蒙德的脸和嘴。夜幕降临，狼又来了。这次，它不仅嗅到了人肉的香味，更嗅得蜜糖的甜味。

狼用舌头使劲地舔舐着希格蒙德的脸，最后竟将舌头伸进他的嘴里。这可是一个绝好机会，希格蒙德立即咬断了狼的舌头。狼痛得大声嚎叫，张开血盆大口朝希格蒙德凶恶地扑来。希格蒙德豁出去了，用自己的头狠命地撞向恶狼。结果，一番搏斗后，希格蒙德不但杀了恶狼，还挣断了铁链的束缚。他赶紧丢下狼的残骸，躲入森林深处。误把恶狼尸骨当成第十个王子的仆人，向希吉尔报告最后一个王子也死了。希吉尔这下心情舒畅了，特赦仆人解除希格妮的囚禁。

一天，好不容易躲过监视的希格妮来到森林收集哥哥们的骨头。躲藏多日的希格蒙德从隐匿处跑出来与她相见，帮她一同收拾九个哥哥的骨头。两人发誓一定要报伏尔松格一族之仇。希格妮先暂且回到宫里去，希格蒙德在森林中造了一个茅屋，就近住下来。两人打算里应外合，一举消灭卑劣的希吉尔。

杀死了伏尔松格一族的希吉尔早已并吞了伏尔松格的国土，快快活活地等待着第一个儿子的诞生。希格妮同样寄希望于这个孩子，盼望着他能为母亲一大家子报仇。一段时日后，孩子顺利诞生了。等到这孩子十岁的时候，希格妮悄悄将他送给希格蒙德，请他训练这孩子，为她复仇。但是，混合了希吉尔和希格妮的血统的孩子是缺乏足够勇气的。希格蒙德试过这孩子后,终究觉得他是块糊不上墙的烂泥,送还给了希格妮。第二个孩子又生下来了,还是没有勇气的懦夫。希格妮终于明白,寄希望于她和希吉尔的孩子是多么愚蠢的行为,只有伏尔松格家族的纯血之子才能担负起报仇的重任。她决定自己犯罪,不惜一切代价得到这纯种的后代。

希格妮招来了一个年轻美貌的女巫,强求她和自己暂且调换相貌。然后,希格妮找到森林中希格蒙德的茅屋,脱光衣服在床上等候希格蒙德回来。希格蒙德回来后,惊讶地看到自己床上有个赤身裸体的女人躺着。这位陌生的风骚少妇朝他做勾魂的姿势,撒娇地说道:"来嘛,今晚就让你醉生梦死。"希格蒙德根本就认不出眼前之人就是自己的妹妹希格妮,既然有人莫名其妙送上门,就顺其自然地和她睡觉了。

三天后,希格妮回到自己的宫里,与女巫调换回原形。不久,希格妮就生下一子。从这个婴儿的声音和相貌中明显可以看出,他有着纯正的伏尔松格的血统。希格妮将这个孩子命名为辛菲奥特利。等到辛菲奥特利十岁时,希格妮亲自试验他的勇气,狠心地将他的衣服牢牢缝在了他的皮肤上,然后猛地一把扯下来。可是,辛菲奥特利却没有痛得放声大哭,反而哈哈大笑。希格妮知道他的勇气非比寻常,立刻送他到希格蒙德处接受训练。

与希格蒙德在森林的日子里,辛菲奥特利表现得异常勇敢,他很快就学会了北欧武士应该熟练掌握的各种本领,还和希格蒙德成了好朋友。有一天,希格蒙德和辛菲奥特利看到了一间茅屋。从窗户外瞧进去,可以看到里面有两个人熟睡着,正对着的墙壁上挂了两张狼皮。希格蒙德猜测到,这两个人是魔法师,悬挂着的狼皮其实是可以变人为狼的宝物。他偷偷潜入茅屋内,取了狼皮跑了出来。希格蒙德和辛菲奥特利各披了一张狼皮,立刻变成了狼。

两人像着了魔一样狂奔出森林,见人就咬。狼性愈加难以控制,两人竟相互撕咬起来。希格蒙德毕竟比辛菲奥特利强壮有力,很快就把辛菲奥特利给咬死了。这弑人惨剧使得希格蒙德一下子恢复了意识,可是辛菲奥特利已经被自己咬死了,再怎么后悔也于事无补。突然,一对鼬鼠从树丛中跳出来,互相撕咬,结果死了一只。得胜的那只鼬鼠跳进茂密的草丛中,拿出一片树叶来,搁在死去的那只鼬鼠胸口,那只死鼠竟然又复活了,活蹦乱跳地跑了。

忽然,有一只乌鸦衔了一片同样的树叶丢在他脚边。希格蒙德立刻明白过来,树叶是神的恩赐。他赶紧拿着树叶用同样的方法救活了辛菲奥特利,带着他一同回到了自己的茅屋里。他们静静等待着魔法的时效过去,好将可怕的狼皮脱下来。一直等了九天九夜,狼皮才脱落下来。好不容易恢复人形的希格蒙德和辛菲奥特利立刻将狼皮投在火中烧了。

后来,希格蒙德将自己的深仇大恨讲给辛菲奥特利听。虽然他们都不知道事情的真相,以为辛菲奥特利是希吉尔的儿子,但辛菲奥特利依旧发誓说要帮希格蒙德报这血海深仇。他们选了一个没有月色的夜晚,溜进了希吉尔的宫殿。为避免被巡逻的仆人们发现,两人先躲在酒窖里等待时机。不料,希格妮前面生的两个儿子正在酒窖外面玩掷金环的游戏。糟糕的是,一个金环滚进酒库里去了。这两个小孩追进了酒库,发现了两个埋伏在此的刺客,大声嚷嚷起来。正巧希格妮赶到酒窖外,抓住了她这两个拼命逃跑喊叫的儿子,推给希格蒙德,让他一刀杀了这两个孽种。心软的希格蒙德迟迟不肯下手,他身旁的辛菲奥特利果断地走上前,砍下了两个小孩子的头。被声音惊醒的希吉尔拿起兵器,带领众多武士抓捕刺客。希格蒙德和辛菲奥特利两人很快就都被捕了。

希吉尔命令将希格蒙德和辛菲奥特利关在一座坟墓里,墓口盖上石板,打算活活闷死两人。当最后一块石板即将要盖上的时候,希格妮抱了一束稻草投入了坟墓中。希吉尔的人以为那只是为了能让这两个刺客多受几天痛苦的食物。当石板盖好后,辛菲奥特利打开那束稻草,里面不是食物,而是那把神赐的宝剑。辛菲奥特利和希格蒙德用这把神剑砍穿了石板,逃出了被活埋的坟墓。

恢复了自由的希格蒙德与辛菲奥特利跑到希吉尔的宫殿内放起大火来。他们牢牢把守住了出口,只许妇女儿童逃出来。希格蒙德与辛菲奥特利大声呼唤着希格妮,让她赶快逃出火海。可是,泪流满面的希格妮跑到出口,紧紧地拥抱住了希格蒙德,匆匆地将辛菲奥特利的真实身份说完,就回身跳入熊熊燃烧的火焰中,与她的仇人希吉尔同归于尽。

> **小知识**
>
> 　　盖娜(Gna),是芙丽嘉芙莉嘉的速行使者。骑在她的马霍瓦尔普尼尔(Hofvarpnir,迅驰者)上,能够飞快地渡海过山,无论是空中还是火中,没有一处地方不能去。她是清风的人格化。她把路上所见的一切告诉芙丽嘉。有一次,她看见奥丁的后代利里尔(Rerir)王在海边哭泣,因为他没有儿子。盖娜把这事告诉芙莉嘉后,芙莉嘉就取出一个苹果(这是结实的象征),让盖娜赐给了利里尔王。后来利里尔王果得一子,就是北欧传说中有名的英雄伏尔松格(Volsung)。

命运女神的预言

希格蒙德和辛菲奥特利完成复仇大计后,决定抛弃所有过往的伤痛记忆,离开哥特,回到他们自己的故乡匈奴帝国,开始一段新的历程。怀着万千感慨,两人忐忑不安地回到了那片曾经叱咤风云的国土。没想到,民众们非常欢迎他们的归来,盼望他们重新执掌国家,因为希吉尔的暴政着实令他们不堪忍受。

顺应民意,希格蒙德做了国王,并且娶了柏格希尔德为妻。没过多久,柏格希尔德就为希格蒙德生下了两个儿子,分别取名为哈蒙

德和赫尔吉。在弟弟赫尔吉出生的时候,命运女神预言,他将来会被选入瓦尔哈拉神殿,成为一名英灵战士恩赫里亚。

按照北欧王室易子而教的规矩,赫尔吉自幼受教于哈加尔。十五岁时,赫尔吉就已十分胆大。有一次,他独自一人躲过重重守卫,闯入世仇亨定的宫殿中玩耍。不巧的是,他很快就被亨定发现了。见情况不妙,赫尔吉撒腿

就跑。为了抓住赫尔吉,亨定的仆人一直追到了哈加尔家里。机灵的赫尔吉赶紧乔装成家中的侍女,这才得以脱险。赫尔吉的胆大就此在北欧王室中传开。

这也就导致了后来赫尔吉尚未长大成人,就跟随辛菲奥特利带领一支部队去攻打亨定一族。这场战斗打得相当激烈,就连亚萨诸神也派了女武神瓦尔基丽们在战场上飞翔,挑选最勇敢的死者带回在尘世中阵亡的英雄的住所瓦尔哈拉。在寻找过程中,一名叫做希格露恩的瓦尔基丽狂热地爱上了赫尔吉。她完全痴迷于赫尔吉在战斗中那英勇潇洒的身姿、勇敢无畏的精神。希格露恩找到赫尔吉,当着众人的面公开表达自己愿意做他的妻子的想法。赫尔吉十分欣赏希格露恩的奔放自然,顺理成章地接受了她的好意。经过此次战役,亨定一族的所有族人都战死了,只剩下了达格。正因为达格是早已成为了赫尔吉之妻的希格露恩的兄长,而且他发誓以后不会为自己的族人报仇,赫尔吉这才答应留下了达格的性命。

可悲的是,达格并没有遵守誓言,他借到了奥丁的圣矛,残忍地杀害了赫尔吉。此时的希格露恩因为痛失丈夫而日日哭泣,悲伤至极。直到后来,赫尔吉托梦给希格露恩,告诉她:她的每一滴眼泪都将成为他伤口上的一滴血,令他心如刀绞,痛楚加倍。为了不让赫尔吉死了还遭罪,希格露恩停止了哭泣。不过好在不久以后,赫尔吉就穿过虹桥到达了瓦尔哈拉,成为恩赫里亚的首领,而希格露恩也重新成为瓦尔基丽,两人能够再度相遇。从此,希格露恩和赫尔吉永远幸福地生活在一起,直到世界末日、诸神之黄昏的降临。

不只是赫尔吉,希格蒙德的另一个儿子,昔日的战友辛菲奥特利也未得善终。有一次,辛菲奥特利因为与王后柏格希尔德的弟弟争执,一气之下杀了他。王后柏格希尔德对辛菲奥特利恨得牙痒痒,一心想要毒死他。在葬礼酒宴上,王后柏格希尔德趁其不备,在酒里下了毒。不过,辛菲奥特利早就识破了她的阴谋,没有触碰装着毒酒的酒杯。王后希格蒙德故意端着酒杯上前嘲讽道:"堂堂辛菲奥特利,居然也会不敢喝酒。没想到啊,看来以往的雄威都只不过是片面吹牛之词,还真是个伪君子、懦夫!"辛菲奥特利一下子就被王后希格蒙德给激怒了,头脑一热就将一杯毒酒一口灌了进去,顷刻就口吐鲜血,倒地身亡。众人见状皆哗然。

希格蒙德狂吼着拨开层层人群,悲伤地背起辛菲奥特利的尸体,缓缓地走到海边,打算将辛菲奥特利海葬。没想到,海面上突然出现了一个独眼老翁,驾着一条船朝他驶来。独眼老翁停在了希格蒙德的面前,对着他说道:"孩子,请将辛菲奥特利的尸体交给我吧!不要问我原因,他有他死后该去的地方。"也不知道为什么,希格蒙德就是感觉到眼前这个老翁的话很有说服力,他将辛菲奥特利的尸体毫不犹豫地放置在了老翁的船上。独眼老翁载上辛菲奥特利的尸体,顿时消失得无影无踪。原来,这是众神之主奥丁亲自来带辛菲奥特利去瓦尔哈拉。希格蒙德很欣慰地感受到,辛菲奥特利也算是死得其所了。

回到匈奴帝国后,希格蒙德立刻废逐了王后柏格希尔德,另娶年轻貌美的希奥尔迪丝。希奥尔迪丝是全国公认最美丽的女孩,许多人曾为她着迷,但都被她冷脸拒绝。震于希格蒙德的大名,希奥尔迪丝心有畏惧地嫁给了他。相处过后,希奥尔迪丝逐渐爱上了她的丈夫,将心彻彻底底地交给了他。在追求希奥尔迪丝的人中,有一个本属于亨定家族叫莱格尼的贵族也曾向希奥尔迪丝求过婚,同样遭到了无情的拒绝。

看到心爱的女人居然嫁给了希格蒙德,心胸狭窄的莱格尼立刻起兵前来攻打希格蒙德。希格蒙德虽然已经有些衰老,但是威力依旧锐不可减,他左挥右砍,杀死了很多莱格尼一方的士兵。一名高大独眼的老战士突然冲过来举矛攻击希格蒙德,希格蒙德顺手抬起他那神赐的宝剑去抵御。不料,神剑竟被打成粉碎。没有武器战斗的希格蒙德很快就被四面八方包围过来的敌人刺死了。

失去了首领希格蒙德,所有伏尔松格的武士都被逐个杀死了。见战局已定的莱格尼火速离开战场,想赶快占据希格蒙德的王位,强迫美丽的希奥尔迪丝嫁给自己。而此时此刻,希奥尔迪丝正躲在草丛中观战。看见丈夫莱格尼血肉模糊地倒在地上,希奥尔迪丝哭着跑出来拥抱住垂死的希格蒙德:"求求你不要死啊!我怀孕了,我有我们的宝宝了,你不要死啊!"希格蒙德气息微弱地吩咐希奥尔迪丝:"你要保藏着神剑的碎片,一族的大仇都要交给你肚子里的孩子来报了,对不起,我陪不了你了。"话音未落,希格蒙德就气绝身亡了。

希奥尔迪丝抱着希格蒙德的尸体,悲痛地放声大哭,她的侍女突然前来报告,有一队丹麦人马往这边走来了。于是,希奥尔迪丝赶忙带着侍女再次躲入草丛中,两人互相交换了服装,然后跑出来拜见那队丹麦人的首领埃尔弗。希奥尔迪丝和侍女绘声绘色地详细叙述着刚刚发生的战事,引起了埃尔弗的极大兴趣。希格蒙德的事迹令埃尔弗心生敬重之情,他下令仆人收拾了希格蒙德的尸身,在当地举行了隆重的葬礼,厚葬了希格蒙德。然后,埃尔弗带着可怜的希奥尔迪丝及其侍女回他的国家丹麦。

回国之后,埃尔弗开始对这两个女人的主从关系产生怀疑。他故意让希奥尔迪丝做了许多粗活,想要试探出她究竟是主人还是仆人。不过,聪明的希奥尔迪丝识破了埃尔弗的想法,毫无怨言地跟着其他仆人一起做着粗活,没有露出一点破绽。但是,她的气质是掩盖不了的,埃尔弗还是怀疑两人的主从关系。他设下了一个计谋:当着两人的面,他告诉她们,希格蒙德的墓被盗了,他打算把希格蒙德的墓迁到丹麦来。这对于真正的希奥尔迪丝来说,是万万不可的事情,她的孩子还要回到那片故土手刃仇人、为父报仇,以告慰他的在天之灵。希格蒙德倘若能说话,也是会坚决反对离开眷恋一生的故土。心急的希奥尔迪丝"扑通"一声跪下,请求埃尔弗打消这个念头。就这样,埃尔弗用手段试出了真正的希奥尔迪丝。没过多久,他就要求娶希奥尔迪丝为妻。希奥尔迪丝想着毕竟寄人篱下,对方对自己也算不错,便答应了埃尔弗,但条件是他必须得好好照顾这即将出生的小生命。埃尔弗爽快地答应了她的请求。后来,希奥尔迪丝顺利产下一子,取名为希格尔德。埃尔弗果然也遵守了自己的诺言,请了最聪明的侏儒莱金来教育希格尔德。莱金虽是矮小丑陋的侏儒,却知道过去和未来一切的事情,甚至能够预测出自己未来将死于一个年轻人之手。

希格尔德渐渐长大了。长江后浪推前浪,他的才能逐渐赶超上了老师莱金。希格尔德不仅懂鲁尼文字,善于辩论,而且还会打造兵器,是丹麦无人能敌的勇士。成人之年,希格尔德向埃尔弗提出想要拥有一匹属于自己的好

第三章 神之黄昏

马。埃尔弗答应了此事，正带着希格尔德去选马的时候，众神之主奥丁又亲自降临，指点他选了一匹好马斯雷普尼亚的后代格拉尼。

一个冬天的夜里，希格尔德和老师莱金围着火炉而坐。莱金弹着琴，吟唱出一首诗歌，叙述了他的生平事迹：赫瑞德玛是侏儒的国君，有三个儿子：长子法弗尼尔，胆子大，臂力强；次子奥特尔，有法术，能千变万化；三子莱金，头脑聪明，双手灵巧。为了取悦赫瑞德玛，莱金建造了一座大房子，里面镶满金珠宝石，勇敢的法弗尼尔做了大房子的守卫。

有一天出事了。奥丁、海尼尔、洛基三位亚萨神乔装为人类，来到赫瑞德玛的家中。洛基看见一只水獭在门口晒太阳。水獭实际上是由赫瑞德玛的次子奥特尔所变的，可是洛基并不知道，他杀了水獭，背在肩上，准备做一餐美味的晚饭。三位亚萨神进了赫瑞德玛的屋子，立刻就被重兵团团包围、一举擒获。赫瑞德玛要三位亚萨神偿还儿子的性命。三位亚萨神自然做不到让死人复活，也不可能一命偿一命。双方僵持不下。还是赫瑞德玛松了口，除非他们能拿足以堆满这水獭皮的金子来抵命，那就此作罢。赫瑞德玛放了洛基，让他设法去筹集金子。

洛基找到了住在水底的侏儒安德瓦利，将他所藏的黄金攫夺尽，夺走了他那闻名遐迩的"恐怖之盔"。无论何人，只要戴上"恐怖之盔"，与之斗争的敌人都会被吓得魂飞魄散。最后，洛基还抢走了安德瓦利手中的吸金指环，这个指环犹如磁石吸铁，能够自己吸引金子。被打劫一空的安德瓦利愤怒地诅咒："得此指环者必遭杀身之祸！"洛基哪管得上这么多，他回到赫瑞德玛的家中，拿出抢来的金子堆在水獭皮上。可是这水獭皮自行扩大了，洛基的金子连它的一个角落都堆不满。洛基实在没有办法，只好牺牲了他抢来的"恐怖之盔"和吸金指环，连同金子全给了赫瑞德玛。三位亚萨神才得以自由地离开赫瑞德玛的家中。果不其然，侏儒安德瓦利的诅咒应验了：因为是兄弟奥特尔的偿命钱，法弗尼尔和莱金都要求分一杯羹。可是，财迷心窍的赫瑞德玛什么也不想给。法弗尼尔残忍地杀死了父亲赫瑞德玛，又将要求分财产的莱金赶出家门。直至今天，莱金还是个流浪者，依靠他聪明的大脑和灵巧双手过日子。而见钱眼开的法弗尼尔久踞在他的财宝上，化成一条可怕的龙,住在格尼塔海德。

莱金唱完了他的故事,盯着希格尔德:"你可愿意为我报仇?"希格尔德不好意思回绝:"我可以答应你,但条件是你要为我铸造一把足以匹配的好剑。"莱金铸造了两把好剑,却被希格尔德一下就折断了。后来,希格尔德从母亲希奥尔迪丝那里拿来了父亲希格蒙德留下的神剑碎片,方才铸造出了这把折不断的神剑。

希格尔德手持神剑,先去为伏尔松格家族复仇。还没等伏尔松格家族反应过来,希格尔德就一举杀死了莱格尼和莱格尼的所有族人,然后和莱金去寻找那条毒龙法弗尼尔清算旧账。他们艰难行进在一步一步垒高起来的山路上,好不容易走完了一段漫长的山路,前方出现了一片荒凉沙碛。莱金说这里就是法弗尼尔的居住之地,报仇的时刻即将到来,他胆小就不跟随前往了。希格尔德告别莱金,独自一人向前走去。

很久之后,一个独眼老人出现了,他指点希格尔德,法弗尼尔每天都要经过这片沙碛到河边去喝水,可以在此处掘沟设伏偷袭,等那毒龙出来时用神剑刺它的心脏,这样成功率会比较大一些。希格尔德听从建议,在这里掘了沟,躲在沟里耐心等待。当毒龙法弗尼尔从沟的上方经过时,希格尔德看准毒龙左胸猛刺一剑,果然正中命门。这妖魔狂吼着翻滚了两圈,就一命呜呼了。

莱金确信已经安全了,方才走近希格尔德身边,一边细细打量起毒龙法弗尼尔,一边花心思忖起来。为了防止希格尔德索取报酬,莱金抢先皱着眉头抱怨起来:"希格尔德,你实在不该杀了我的哥哥啊!报仇又不一定得取人性命,我只是让你惩罚一下他。"希格尔德没有回话。"当然,我也不可能让你一命抵一命的啦!这姑且不提了,只要你肯替我把龙心挖出来,烧好给我吃,我就愿意和解,饶恕你这个过错。"莱金假惺惺地说道。希格尔德慨然应允,答应暂时充当一次庖丁。不过,这回解剖的可是龙,不是牛那么简单了。希格尔德好不容易才将龙给解剖透了,挖出了龙心。

莱金一面等着吃龙心,一面又在打主意:究竟该如何暗算这个年轻人,将整条龙据为己有。希格尔德将龙心烤了一会儿,也看不出龙心究竟有没有熟。他伸出手探试龙心的温度,看看是否已经烤熟。不料,灼热的龙心瞬间烫伤了希格尔德的手,顺带沾了他一手新鲜的龙血。希格尔德赶紧将自己烫伤的手指放进嘴里吮吸,想要缓解一下疼痛。然而,奇事发生了:龙血碰到他的舌头,他咽了口唾沫,突然听见好多人在说话。希格尔德惊讶地四处张望,看见此时正有一群小鸟在他四周啾啾地叫,原来自己竟然听得懂鸟儿的语言了。希格尔德用心一听,是小鸟们在对他说:"莱金不怀好意,莱金不怀好意,应该杀了他,应该杀了他!拿走他的金子,自己享用龙心和龙血,因为这是希格尔德应得的战利品。"这些忠告正符合希格尔德之意,他立即起身杀了心怀不轨的莱金,喝了龙血,吃了大半个龙心,取走了"恐怖之盔",戴上吸金指环,将金子装在自己马的背囊内,坐在鞍上听小鸟们还有什么精辟的论断,思索着下一步究竟该走向何处。

小知识

瓦尔基丽,引导英灵的死神,直译为挑选亡者的女性,又称"寻找英灵者"。瓦尔基丽这个名字来自于风之力和迷雾。瓦尔基丽都是美丽的少女,有着漂亮的白臂酥胸和飘扬的金黄长发。她们戴着金盔或银盔,穿血红色的紧身战袍,拿着发光的矛和盾,骑小巧精悍的白马,与"野猎"幽灵一道出巡,或者化作天鹅飞向战场,为瓦哈拉殿堂收集阵亡的武士。瓦尔基丽在神系里是北欧神话中一般意义上的生育和命运女神。瓦尔基丽担负奥丁所赋予的任务,直接参加地上所进行的混战,赐胜于一方,其外貌变化即为战争行将爆发的象征,并且作为那些在战场上阵亡的英雄的指引者,将他们带入瓦尔哈拉。

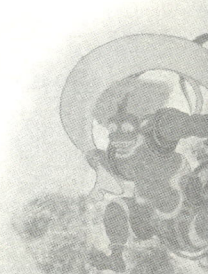

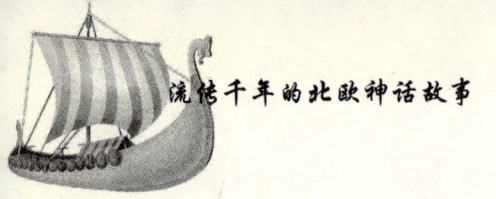

沉睡少女的苏醒

希格尔德坐在鞍上,思索着下一步究竟该走向何处。突然,希格尔德听到小鸟们说,有一个身旁有猛火环绕的沉睡少女,只有极其英勇的人才能走入火中将她唤醒。这正是希格尔德想要的冒险,他立刻动身找寻这位沉睡少女。

经过了长途跋涉,千山万水,他终于在法兰克兰的希恩达尔山中,看见在一座极高的山峰顶上似乎隐隐有火焰喷射出来。希格尔德利落地从山麓上去,火焰燃烧得更加厉害了。爬到山顶时,他看见一个火焰圆圈呼呼地响着,灼烧的火苗张牙舞爪,这样的场景即使是最勇敢的人也会望而却步。但是,希格尔德记起了小鸟们的话,便英勇无畏地冲进火圈。没想到,狂暴的火焰突然熄灭了。希格尔德顺着一条灰白的路径走进了一座城堡。

城堡的大门敞开着,希格尔德纵马直入,无人阻拦。终于,他在院子中间看见有一个披甲戴盔的人形躺着。希格尔德下了马,将那人的铁盔面罩揭开来看，不禁惊呼起来：原来这不是战士，而是一名极其美丽的少女。他用了种种办法想要唤醒少女，可是都没有效果。希格尔德决定还是先把厚重的盔甲卸下，这样比较容易将她搬回去。他用剑割开少女贴身的铠甲，里面衬着雪白的女袍，金色的长发纷纷披在腰间。当甲胄被完全割开的时候，少女忽然睁开了她的双眼，一线阳光正好照耀在她的脸上，粉嫩的皮肤折射出万丈光芒。少女回眸看着这位救她醒来的少年战士，这一刻，两人一见钟情，互相深爱上了彼此。

少女向希格尔德讲述自己的故事：她的名字叫布伦希尔德，是天庭中尊荣的瓦尔基里。有一次，她在两国交战时弄错了将要帮助的对象，令不该获胜的一方获得胜利，遂被奥丁贬下人间，还得和人类的女人一样必须要嫁个丈夫。布伦希尔德深恐自己的丈夫会是一个卑怯的驽汉。为了使她安心待在人间，奥丁将她带到这希恩达尔山来，用"睡眠之角"触碰她，使她保持青春的美丽与活泼，同时让她沉睡着，直到她命中注定的丈夫到来。他还用火焰的围墙环绕在她周围，除非是极其勇敢的人，才敢进入这城堡中，那些卑怯的驽汉根本就没有资格。布伦希尔德指着伦达尔的方向："那是我从前的老家。不论什么时候，你都可以到那里去娶我为妻，我愿意一辈子等待你。"听罢此话，希格尔德将他的吸金指环套在布伦希尔德的无名指上，算是订婚的约定。他发誓，今生今世永远只爱她一个。

据有些人传闻，希格尔德不久就迎娶了布伦希尔德，过上了幸福快乐的日子，没过多久，却又不得不离开她和新生的女儿。他的女儿叫亚丝拉琪，由妻子布伦希尔德的外祖父赫默尔抚养长大。三岁时，亚丝拉琪被赫默尔藏在琴身中，逃难在外。半途中，赫默尔借宿于农家。农人以为老人精心看护的琴中藏有金银财宝，就谋害了赫默尔，等到打开琴来一看，却发现里面是个好看的女孩子。农人极其喜爱这个可爱的小女孩，就收养她为女儿。美丽又聪慧的亚丝拉琪一直在农家长大，后来嫁给了瑞典国王拉格纳·罗德布洛克为妻。据另一传闻，希格尔德和布伦希尔德就此分别了。而他们分别的原因，是因为希格尔德立誓要在世间行侠，扶弱锄强，以期许不辜负英雄本色。

后来，希格尔德漫游到了尼伯龙格，这里终年被浓雾笼罩。尼伯龙格掌权的是国王吉乌基和王后格莉希尔德。据说,这位王后是个非常可怕的人,她不但善于使用魔法,还能调配魔法药水,其中一种药水可以令饮者尽忘前事而完全服从于她的意志。吉乌基和格莉希尔德生有三个儿子——古恩纳尔、胡格尼和古托姆,还有一个女儿,名为古德露恩。古德露恩是尼伯龙格少女中最温柔与美丽的一个。

国王吉乌基邀请远道而来的希格尔德多住些时日,希格尔德欣然答应了。王后格莉希尔德颇为赏识希格尔德的勇敢无畏,意欲让他成为女儿古德露恩的夫婿。因此,不管希格尔德有没有妻子或情人,都让古德露恩拿给希格尔德喝下她调好的魔法药水。结果,希格尔德完全忘记了自己对布伦希尔德的誓约,一心爱着古德露恩了。虽然希格尔德时常感觉若有所失、心绪不安,心会一阵阵地抽痛,但是他还是顺其自然地向古德露恩求婚了。希格尔德和古德露恩的喜讯使得整个尼伯龙格张灯结彩、喜气洋洋。希格尔德拿出他珍藏着的半个龙心,让新娘古德露恩吃了一些。从此以后,古德露恩的性情大为转变。除了希格尔德之外,她对所有人都是冷冰冰的。希格尔德又与古恩纳尔及胡格尼结为异姓兄弟,发誓永不互相仇视。

过了些日子,老国王吉乌基死了,长子古恩纳尔嗣位。这个年轻的国王尚未娶妻,他的母亲格莉希尔德正在为儿子物色媳妇。在格莉希尔德心中,除了布伦希尔德之外,再没有适合当儿媳妇的人了。因为据她得到的传言说,布伦希尔德是某国公主,居住于四周环绕着火焰的城堡中。她说过,只有能进这火焰围墙来见她的英雄,她才肯嫁。

于是,古恩纳尔准备去找这位火焰中的少女了。他带上了他母亲的魔法药水以备不时之需,邀请了希格尔德做伴,一同前往。当古恩纳尔到达山顶的火焰围墙外面时,他的马却再也不敢前进一步。无论怎样鞭策,古恩纳尔的马只肯后退。与之相反,希格尔德骑的神马格拉尼却毫无惧色。因此,古恩纳尔请求与希格尔德易马。可惜的是,希格尔德的马也作怪,古恩纳尔骑上了它,它就不肯再动一步。看来,除了主人希格尔德之外,它是谁都不载的。

此次前来,希格尔德戴着他的"恐怖之盔",而古恩纳尔又备着魔法药。如果要希格尔德和古恩纳尔易形,倒是不难办到的。古恩纳尔也觉得除此别无他法,就同意了希格尔德的建议,让希格尔德化为自己的相貌,进火圈去求婚。于是,希格尔德进了火圈,到达城堡的大厅里,求见了布伦希尔德。这一对昔日的情人,现在却素不相识:希格尔德自从喝了魔法药水后,早已组成新的家庭,尽忘前情;而对于布伦希尔德来说,她怎么可能认得出已变成别人相貌的希格尔德。看见除了希格尔德之外,还会有人能够进来,布伦希尔德非常吃惊,但她还是坦然地迎接了这位客人。当听说对方是来求婚的时候,布伦希尔德允许他以丈夫的资格留在她身旁,因为她曾立过重誓,凡能进入火圈的人,她都不能拒绝。

希格尔德和布伦希尔德同住了三天。睡觉的时候,希格尔德的神剑亮晃晃地出了鞘,搁置在他的身体与布伦希尔德的身体之间,这不近人情的举动令布伦希尔德很是困惑。希格尔德则解释说,是神命令他的婚礼将要这样举行的。当第四个清晨来临时,希格尔德从布伦希尔德的手指上取下吸金指环,另换了一个戒指,作为定情信物。布伦希尔德也答应十天后到尼伯龙格来为妻为后。希格尔德出了城堡,向古恩纳尔报告事已成功,顺利娶得娇妻布伦希尔德。两人又互换为原来的形貌,赶回尼伯龙格。关于这次求婚的秘密,希格尔德只透露给了妻子古德露恩,还将吸金指环戴在她的手指上。但是,他完全没有想到,大祸拉开了序幕。

十天后,布伦希尔德果然应约来了。她温和地为古恩纳尔祝福,让他引导自己到达大厅。希格尔德和古德露恩正好也坐在大厅里。当布伦希尔德进来的时候,希格尔德刚好也抬起头来,恰好接受了布伦希尔德的熠熠一瞥。那长久以来的魔法药水瞬间消失了魔力,希格尔德陡然从梦中惊醒似的一五一十地记起了以往的所有事。但是为时已晚。布伦希尔德已成为了古恩纳尔的妻子,而他自己也已成了古德露恩的丈夫。现在,布伦希尔德是自己神圣不可侵犯的大嫂。

日子一天天地过去,布伦希尔德表面上扬扬自若,内心却是怒火焚烧。她常常从丈夫古恩纳尔的宫中偷偷跑出来,到森林中去发泄她那满腔的愤懑哀怨。而古恩纳尔也察觉到妻子布伦希尔德对自己的态度总是很冷淡,便开始疑神疑鬼了。他怀疑希格尔德在城堡的那三天里老老实实地把求婚时易形的秘密告诉了布伦希尔德,或者更甚,希格尔德利用那三天的机会已事先取得了布伦希尔德的芳心。希格尔德的烦恼倒比较少,他依旧天天除霸诛强,惩恶扬善,赢得众多弱者的赞颂。

　　有一天,古德露恩和布伦希尔德一同到莱因河里洗浴。古德露恩要先入水,布伦希尔德不依,强调这是她作为长嫂的特权。两人竟因为这点小事互相对骂起来。古德露恩骂她的嫂子不端正、不检点,明明先前已有了爱人,后来还嫁给古恩纳尔。说着,古德露恩还举起了自己手指上的吸金指环为证。看见昔日的定情信物已在情敌的手指上,布伦希尔德的心碎了,她一言不发地奔回自己的宫中,不声不响地躺着,开始绝食。古恩纳尔及王族的人都来劝慰,想引她说话,叙述缘由,然而没有作用。直到后来,希格尔德来问候布伦希尔德时,她像久湮而始通的泉水一样,倾泻出一大堆怨恨的话来。这些话字字刺痛了希格尔德的心,他的心不断膨胀,竟爆断了铁甲的钮环。希格尔德表示自己愿意离弃古德露恩,带着布伦希尔德远走高飞。可是布伦希尔德却不允许,她将希格尔德斥责出去,并说自己无论如何都不肯背叛古恩纳尔。心高气傲的布伦希尔德不堪忍受有两个活人都称她为妻子。于是,当古恩纳尔再次来看她时,布伦希尔德要求他置希格尔德于死地,这使得古恩纳尔的妒忌感又加深了。可是因为他曾和希格尔德立誓永不相仇,所以还是拒绝了妻子的要求,但他委任弟弟古托姆代其完成这件事情。

　　于是,古托姆在深夜里偷偷溜进了希格尔德的卧室。正要下手时,古托姆却看见了希格尔德闪闪发亮的目光,吓得他赶快退出来。第二日,古托姆再次潜入,发现情况和昨晚一样。第三日,古托姆等到希格尔德的鼾声从房间里传出来,才潜入他的卧室。希格尔德已经睡熟了,古托姆用矛一下子刺通了他的背和腹。尽管受了严重的致命伤,希格尔德却还能坐起来,取下床头的神剑掷向逃之夭夭的刺客。古托姆顷刻间被斩为两段,死于希格尔德卧室的门边。与此同时,希格尔德也断了气。希格尔德的儿子也被杀害了。可怜的古德露恩对着两具尸首欲哭无泪,而布伦希尔德却在一旁放声大笑。这使得古恩纳尔很生气,他责怪自己导致了这样的惨剧。

　　尼伯龙格人为希格尔德举行了盛大的火葬,聊表哀念。许多送葬的礼物、兵器,还有希格尔德生前所骑的神马,都准备一并火葬。古德露恩早已悲痛欲绝,眼泪早就哭干了。直到后来,妇女把希格尔德的头放在了古德露恩的膝盖上,她的眼泪才如暴雨般地再次落下。布伦希尔德望着希格尔德的尸身,忽然间,所有的怨恨烟消云散,只留下悔恨和爱念。布伦希尔德回到自己的卧室中,穿上最好的衣服,将所有东西都赏赐给了侍女,然后仰卧在床,将短剑刺入了胸膛。古恩纳尔听此噩耗,急匆匆地赶来。奄奄一息的布伦希尔德只能断断续续地说出她的遗言了。古恩纳尔依照她的愿望,将她的遗体安放在希格尔德身边一同火葬。两人中间搁置着希格尔德的神剑,正如他们在山上城堡中度过的三个夜晚。

古德露恩的心灵还是无法得到慰藉。她恨她的兄弟们夺去了她的爱人,她恨最后与丈夫入葬的居然是另一个女人,她不愿再住在故乡,前去投靠希格尔德的继父埃尔弗。自从希奥尔迪丝死后,埃尔弗已另娶哈康王的女儿索拉为妻。古德露恩很快就和索拉成为了好友。她花费了好几年光阴,把希格尔德的丰功伟绩织在挂毯上。剩下的任务就是抚养小女儿斯瓦希尔德,她那对闪闪发光的小眼睛常使古德露恩想起了死去的丈夫希格尔德。

那时候,布伦希尔德的哥哥阿提利正为匈奴国君,他派人到古恩纳尔处,问其将以何平息妹妹自杀之怨恨。古恩纳尔回答道:"愿以其妹古德露恩为阿提利之妻,只需等到古德露恩过了服丧的期限。"过了若干日子,阿提利带着提亲的队伍,要求履行承诺来了。于是,古恩纳尔兄弟等人找到了古德露恩,借助魔法药水的帮助,怂恿她离开了小小的斯瓦希尔德,嫁给阿提利为妻子。

然而,古德露恩总是对品行恶劣的阿提利感到不满。古德露恩虽然为阿提利生了两个儿子——埃尔普和埃特尔,却始终不能消除她对希格尔德的怀念之情。她经常讲到过去的事,没想到她所说的尼伯龙格一族的富有之事竟引起了阿提利的贪心萌动,他秘密计划着如何夺取这富有的国度。

阿提利派手下克纳弗鲁德去邀请统治着尼伯龙格的兄弟们到他的国度来游玩,意欲等到他们来时杀了所有人,掠夺尼伯龙格。古德露恩看破了这阴谋,让使者将用鲁尼文字写信,连同吸金指环一起捎给她的哥哥们,她把狼毛缠在指环上,提醒有危险。不料,早已被收买的使者在路上将鲁尼文字改动了一部分,以致形成了相反的意思。因而,古恩纳尔决定接受阿提利的邀请,前往匈奴国度。在动身之前,古恩纳尔和胡格尼来到莱茵河边,将尼伯龙格家族的传国宝藏埋在河底一个深洞内,并告诫胡格尼誓勿泄露。

于是,古恩纳尔和胡格尼带着阿提利的来使克纳弗鲁德上路去了。他们历经千辛万苦终于进入了匈奴的国境。那时,他们才知落了圈套,便杀了克纳弗鲁德,准备决一死战。古德露恩也拿着兵器来了,帮助她的哥哥一同战斗。当匈奴人第一次冲杀上来的时候,古恩纳尔弹奏他的琴,鼓励自己一方的人振奋士气。在第二次搏杀时,古恩纳尔舍了琴,加入战斗。他们三次击退了敌人,无奈寡不敌众,其余的人都陆陆续续地死了,只剩下伤重力乏的古恩纳尔和胡格尼,他们终为敌人所擒。

阿提利亲自审问古恩纳尔兄弟两人尼伯龙格一族的宝藏究竟藏在何处。遭受了许多毒刑,两兄弟都咬紧牙关,一个字也不透露。古恩纳尔对阿提利说:"我曾经发过誓,除非我的兄弟胡格尼已死,否则我绝不会说出那秘密;而且除非我亲眼看见胡格尼的心,否则也绝不会相信他已死。"贪心所驱的阿提利命令手下杀了胡格尼,挖出他的心。可是,阿提利的手下胆小如鼠,哪敢杀胡格尼那样的英雄。为蒙混过关,他们私自杀了一个怯弱的下人希亚利,取他的心来顶替。但是,古恩纳尔看见这颗怯弱的心在盘子里只是发抖,便破口大骂:"胡格尼是勇者,他的心怎会如此发抖。你们这群杂碎,居然用这样的心来侮辱胡格尼,戏弄我!"于是,在阿提利第二次下令后,真的胡格尼的心就被端上来了。古恩纳尔看见那铁一般坚硬的心,就知道这是货真价实的了。他轻松地对阿提利说:"现在胡格尼已经死了,世上知道这秘密的只剩我一人。所以,这秘密就是无论如何都不会泄露的了。"

恼羞成怒的阿提利吩咐将古恩纳尔的两手捆绑住,投入一个毒蛇洞中。他们把古恩纳尔的琴也一同扔了下去。没想到,古恩纳尔竟用脚趾弹琴,引得那些毒蛇都入睡了。只有一条据说是阿提利的母亲化身的蛇没有入睡,把古恩纳尔咬死了。

阿提利大摆筵席庆贺他的胜利。他命令古德露恩在席前侍候,却不知道古德露恩已经杀了他的两个儿子,将他们的颅骨巧妙地做成酒器,将他们的血混在酒里,将他们的心煮熟作为肴膳。等到阿提利和他的宾客都喝醉时,古德露恩就放火烧宫,将逃走无门的阿提利活活烧死,之后自己也投入火中死了。就这样,繁华散尽,最后都是凄凉。

小知识

　　希格尔德,是《大艾达》的第一部分,包括宇宙之创造、诸神的事迹以及诸神之最终丧亡等故事,属于神话;而第二部分却包括了一连串的英雄叙事诗,述及伏尔松格家族的事迹,属于传说。在北欧,希格尔德是最有名的民族英雄;所以希格尔德的传说也可以说是北欧的史诗,相当于《伊利亚特》。阿提利和古恩纳尔均为历史人物,阿提利就是暴君阿提拉,古恩纳尔是勃艮第的君主古恩狄卡利乌斯,此人于西元 451 年与其弟一同被杀,国亡于匈奴。古德露恩则是勃艮第公主伊尔迪克,她在新婚之夜手刃了想要娶她的阿提拉,用的据说就是战神泰尔的那把刀。